Hallitsee Susan
Ensimmäinen Osa
(Hallitus ja eroottinen alistaminen)

Erika Sanders
Sarja
Hallitsee Susan Vol. 1-5

Kansikuva: @ Svyatoslav Lypynskyy, 2023

Ensimmäinen painos: syyskuu, 2023

Synopsis

Yliopiston päätyttyä Susan menee ensimmäiseen työpaikkaansa, jonka tarjoaa perheen ystävä Robert, joka on aina halunnut ystävänsä tytärtä.

Tämä erityinen toive on saada Susan hänen hallintaansa...

Tämä julkaisu sisältää sarjan vahvaa eroottista BDSM-sisältöä, jossa kerron Susanin seikkailuista hänen lähetyspuoleessaan.

Romaaneja, joissa on korkea romanttinen ja eroottinen BDSM-sisältö.

Sisältää seuraavat volyymit:

1 – Uusi työ

2 – Säännöt

3 – Uusi lelu

4 – Rangaistushuone

5 – Kokous mestareiden kanssa

Huomautus kirjailija:

Erika Sanders on kansainvälisesti tunnettu, yli kahdellekymmenelle kielelle käännetty kirjailija, joka allekirjoittaa eroottisimmat kirjoituksensa, kaukana tavallisesta proosastaan, tyttönimellään.

Indeksi

HALLITSEE SUSAN ENSIMMÄINEN OSA (EROOTINEN HALLITUS) ERIKA SANDERS

ESIPUHE

Robert on kypsä menestyvä liikemies, naimisissa ja hänellä on Susanin ikäinen poika.

Heidän perheensä ovat olleet läheisiä ystäviä useiden vuosien ajan, ja hän oli nähnyt hänen kasvavan ihanaksi nuoreksi naiseksi.

Hän oli aina osoittanut avointa ystävyyttä tyttöä kohtaan ja vuosien mittaan tehnyt naisen tietoiseksi rakkaudestaan tyttöä kohtaan.

Salaa hänen ystävällinen suhteensa ja kiintymys tyttöön piilottivat hänen monet synkät toiveensa ilman mahdollisuutta toteuttaa niitä.

Hänen täydellinen alistuminen hänelle oli hänen synkimmissä ajatuksissaan ainoa unelma, jonka hän toivoi toteutuvan.

Susan on vastavalmistunut tyttö, jolla on kauppatutkinto kädessään ja innokas kokemaan maailma.

Aloittelemassa ensimmäistä oikeaa työtään, perheen ystävän Robertin tarjoamaa työpaikkaa kunnioituksesta isäänsä kohtaan ja hänen kykyjensä tunnustamisesta.

Mutta hänen tietämättään myös hänen halunsa hallita häntä.

Hän on mukava, sensuelli mutta suloinen tyttö, jolla on ollut sama poikaystävä, Peter, yliopiston fuksivuodesta lähtien.

He ovat seikkailijoita, mutta he eivät koskaan häiritse heidän maailmaansa.

Hän tietää mitä haluaa tai luulee tietävänsä, mutta hän on todella tottelevainen antaessaan muiden ohjata häntä elämänsä poluilla.

UUSI TYÖ

Hän seisoo rakennuksen edessä ja katselee lasi- ja teräsjulkisivua.

Katso kaikkia hyvin hoidettuja miehiä ja naisia, jotka kiirehtivät sisään ja ulos sisäänkäynnistä.

Hän katsoo omaa lyhythamepukuaan, kiihtyy ja astuu sisään.

Hän tuntee olevansa pieni ja hieman peloissaan hänen kuuden jalkansa yläpuolelle kohoavista miehistä, kun hän nousee hissiin ja astuu uuden työnantajansa yritykseen.

Katsellaan ympärilleen hän näkee hänet vastaanottotiskillä puhuvan pommiblondille naiselle ja kikattavan flirttailevasti, hänen hymynsä valaisee hänen kasvojaan, kun hän kääntyy hänen puoleensa.

Hän punastuu tietämättä miksi ja liikkuu häntä kohti kantapäänsä napsahtaen laattalattiaa vasten.

Hänen käsivartensa kietoo hänen olkapäitään suojaavasti, kun hän esittelee hänet tytölle pöydän ääressä.

"Anne, tämä on minun pikku Susyni!"

Hän punastuu, sitten suoristuu ja ojentaa kätensä.

"Hei, nimeni on Susan, mukava tavata."

Hän ohjaa häntä jatkuvasti käsi olkapäällään eri osastoille ja muille johtajille.

Hän esittelee hänet Susaniksi, josta hän on kiitollinen, ja joka haluaa esittää parhaansa tässä suuren kilpailun maailmassa.

Hän pysyy hänen lähellään koko aamun ja yrittää muistaa monia erilaisia nimiä, ennen kuin hän lopulta johdattaa hänet toimistohuoneeseensa.

Hän näyttää hänelle eteishuoneen pöytää, joka on hänen suurimman osan ajasta, kun hän on täällä.

Hän laittaa kukkaron pois ja juoksee kevyesti sormillaan hyvin valittujen huonekalujen yli.

Hänet johdetaan hänen toimistoonsa, jossa hän osoittaa ylellisiä tummia huonekaluja, jotka ovat kaikki nahkaa ja mahonkia.

"Ja tässä minä työskentelen."

Poistuessaan hänen vierestään ensimmäistä kertaa hän istuu pöytänsä ääreen.

Hän tuntee olonsa oudon yksinäiseksi seisoessaan tässä suuressa toimistossa hänen edessään.

Hän ottaa avaimia ja jatkaa puhumista:

"Vasemmalla, virkistyshuoneen takaa löytyy ovi pieneen keittiöön. Tämä viihdyttää usein asiakkaita. Baarijääkaapin tulee aina olla täynnä mitä listalla on, ja lisäksi siellä on ruokalista. Sinun on opittava valmistamaan kaikki ruokia, jos kokki ei ole tavoitettavissa. Laitan sen koulutusohjelmaasi."

Hän oli liikkunut nopeasti hänen takanaan, työntäen hänet ovea kohti ja avaten sen.

Suurisilmäinen ja hämmästynyt yrityksen kokoa ja omistamiaan toimistoja, hän ei voi muuta kuin nyökyttää typerästi.

"Näin tulee olemaan."

"Kyllä herra", hän sanoo hymyillen, mutta hänen äänensä vakavuus ravistelee häntä.

"Kyllä herra ". Hän vastaa automaattisesti.

Hän ottaa naisen kädestä, siirtyy pois keittiöstä ja johdattaa hänet toiseen makuuhuoneeseen, jonka ovi on samassa seinässä.

"Ja tämä on minun oma kylpyhuone, voit käyttää sitä, mutta vain luvallani, ymmärrätkö Susya?"

Hän nyökkää jälleen sanattomasti tämän kylpyhuoneen yltäkylläisyydelle ja toipuu, kun hän tuntee miehen jäykistyvän ja änkyttävän:

"Kyllä herra".

Hän hymyilee hänen tottelevaisuudestaan.

"Hän käyttää työntekijän vessaa käytävällä, jos hänellä on tarpeita, enkä ole täällä."

Hän on nopeampi tällä kertaa.

"Kyllä herra".

Toisella puolella huonetta, kaksi samanlaista makuuhuonetta ovilla, jotka hän näyttää sinulle.

"Tämä on yksityinen kokoushuone", hän näyttää nopeasti, kun tämä kiirehtii hänet pois, "... ja tässä minä lepään, jos minun täytyy viettää yö kaupungissa."

Huone oli pimeä ja suuressa huoneessa oli suuri pylvässänky ja omituiset penkit.

Hän tuskin ehti tuntea sitä ennen kuin sulki oven häneltä.

Hän vie hänet takaisin pöytänsä ääreen, käynnistää tietokoneen ja näyttää hänelle henkilökohtaisen viestipalvelun toimistostaan tietokoneelle, jonka pitäisi olla aina päällä ja auki.

Tyytyväinen oikeaan "kyllä" oikeisiin aikoihin ja luonnolliseen taipumukseensa olla avuksi, hän jättää naisen pöydälle tutustumaan uuteen ympäristöönsä.

Hän testaa hänen huomionsa lähettämällä hänelle pieniä pikaviestejä ja hymyilee hänen välittömille vastauksilleen, kun hän lukee tehtäviä ja eri aikoja, jolloin he valittivat hänelle hänen pöytänsä ääressä.

TODELLINEN AMMATTI

Hän oli kärsivällinen ja ystävällinen, kun hän tutustui uuteen työhönsä hänen yrityksessään.

Hän puhui hänelle usein pikaviestinäytön kautta aikoina, jolloin hän ei ollut kokouksissa tai yrityksen ulkopuolella, kysyen häneltä perheestään, ystävistään, kuinka hänen poikaystävänsä kanssa meni, ja sai hänet tuntemaan itsensä häneltä. Näet rakkautesi ja aitoa kiinnostusta elämäänsä kohtaan.

Treenien kiireisinä ensimmäisten viikkojen aikana hän käytti aikaa keskustellakseen hänen kanssaan ja muuttaakseen hänen aikatauluaan tarvittaessa. Hänestä tuli hänen mentorinsa, ystävänsä ja joskus ankara isähahmo.

Hän vitsaili hänen kanssaan, pelasi pelejä ja jutteli ystävällisesti.

Keskustelut muuttuivat vähitellen intiimimmiksi ajan kuluessa.

He pelasivat usein totuutta tai rohkeutta tietokoneella, ja pelissä heidän kysymyksistä tuli henkilökohtaisempia ja suorempia.

Sitten hän pysähtyi lukiessaan viimeistä vastaustaan.

Hän oli odottanut jotain tällaista tapahtuvan, mutta hän ei koskaan todella odottanut sen tapahtuvan.

Täällä hän leikki totuutta ja tässä oli mahdollisuus uskaltaa hänen kanssaan uudelleen.

Hän valitsi aina totuuden... ja hän vain tunnusti poikaystävänsä piiskauksen ja että hän piti siitä.

Sen myötä hän aikoi alkaa toteuttaa unelmaansa.

Hän tiesi, ettei hän luultavasti koskaan leikkisi tätä hänen kanssaan enää, ja melkein perääntyi, luullen haluavansa lopettaa tai, mikä pahempaa, kertoa jollekulle seurassa ja sitten perheelleen.

Hänen oli kuitenkin edettävä.

Hänen pitkäaikainen halunsa ajoi hänet, ja hän alkoi kirjoittaa.

Hän ei ollut valinnut uskaltaa, mutta hän jatkoi kirjoittamista...

* * *

"Uskallan antaa minun pistää sinua, Susy."

Hän tuijotti, ei voinut uskoa lukemaansa.

Hän oli kasvanut lähemmäksi häntä, ihaillut häntä ja hänen tapaansa välittää hänestä ja saanut hänet tuntemaan olonsa niin erityiseksi, melkein kuin hän olisi hänen isänsä.

Ehkä hän vitsaili hänen kanssaan jälleen, uskomatta, mitä hän oli kertonut hänelle heidän treffeistään edellisenä iltana.

Hänen mielensä pyöri, kun hän ajatteli, miltä hänestä oli tuntunut saada poikaystävänsä piiska, ja hän kiemurteli istuimellaan, kun hän tajusi, että hänen oli vastattava.

Hän tuijotti näyttöä, viestilaatikko oli toistaiseksi tyhjä ja odotti hänen vastaustaan.

* * *

Hän alkoi säikähtää, mutta sitten hän näki hänen kirjoittavan.

Hänen sydämensä hakkasi nopeasti, ja hän panikoi, ennen kuin hän vihdoin näki, mitä hän kirjoitti.

"Kyllä herra."

Hän kirjoitti nopeasti ja sai hänet toimimaan itsensä ja onnensa mukaan:

"Astu sitten toimistooni ja sulje ovi. Kun tulet toimistooni, tottelet kaikkia käskyjäni, makaat sylissäni puhumatta ja alistut piiskauksilleni."

* * *

Hän räpäytti hänen vastauksensa.

Tämä peli oli tulossa vakavaksi, mutta se oli vain peli, eikö niin?

Testasiko hän häntä?

Pitäisikö minun mennä takaisin?

He olivat molemmat hermostuneita ja jännittyneitä omista syistään, kiinnittyneinä tietokoneen näyttöön.

Hän ei halunnut olla ensimmäinen, joka perääntyy ja pakottaa hänet kiusoittelemaan itseään.

Hän kirjoitti:

"Kyllä herra".

* * *

"Tule sitten toimistooni, Susy, ja sulje ovi."

Ei vastattu, mutta hän ryntäsi toimistoonsa ja sulki oven kuin pelästynyt kani, epäuskoisena siitä, mitä hän oli juuri hyväksynyt, luullen, että tämä leikkii edelleen hänen kanssaan.

Hän istui näennäisesti liikkumattomana, kun hänen ruumiinsa särki häntä, näki hänen pelkonsa, hämmennyksensä ja kuumuuden silmissään, joka piti hänet toiminnassa.

"Sylini odottaa"

Hän otti askeleen eteenpäin ja hän kohotti kätensä, pysähtyi puolivälissä.

"Sinä suostuit tottelemaan minua astuessani tähän huoneeseen, eikö niin?"

Näkyvästi vapisten hän kuiskasi:

"Kyllä herra".

Hän osoitti maahan, rohkaistui ja murahti,

"Ryömiä minua kohti."

Hän katseli tunteiden leikkiä hänen kasvoillaan, vastahakoisuutta, pelkoa, pelkoa, jännitystä ja lopulta alistumista.

Hän päästi hengityksensä ulos, kun hän katseli unelmansa alkamista, kun hänen pieni vartalonsa putosi polvilleen ja sitten hänen käsiinsä, kun hän alkoi ryömiä häntä kohti.

Hän tunsi kukkonsa nykivän hänen nähdessään.

Se oli hänen vihdoinkin, jos vain tänä iltapäivänä.

***

Hän ei voinut uskoa tekevänsä tätä, tämä mies, jonka hän oli tuntenut koko elämänsä, oli todella piiskaamassa häntä.

Peli oli mennyt liian pitkälle, mutta miksi hän ei keskeyttänyt sitä?

Hän tajuaa halunneensa hänet!

Voi luoja, halusiko hän hänet?

Oliko hänessä jotain vikaa?

Miksi se tuntui tältä?

Hänen silmänsä lukittuivat hänen vahvaan vartaloonsa hänen isossa tuolissaan, kun hän ylsi hänen jalkoihinsa ja liukastui kuin käärme, hän liikkui hänen sylissään.

Hän tiesi sen olevan väärin, mutta ei voinut sille mitään.

Ilman sanoja, ilman keskustelua, silittelemättä häntä hyvästä tytöstä, hänen kätensä osui lujasti hänen perseeseensä, ja tämä kiljui.

***

Hän katsoi kaunista enkeliä, joka ryömi häntä kohti, hänen mielensä meni pimeimpiin paikkoihin ja joutui perääntymään, niin nuori ja vaikutuksellinen, ettei hän ymmärtänyt arvoaan.

Hän käytti kaiken tahdonvoimansa pysyäkseen välinpitämättömänä, kun hän liukuu hänen syliinsä, varma, että hän voi tuntea tämän kovuuden hänen vatsassaan, kun hän nostaa hameansa, paljastaen vaaleanpunaisen hihnan, nostaa kätensä ja lyö häntä kaikin voimin.

Jos vain tämän kerran hän nautti siitä.

Katso, kuinka hänen jännittyneet lihaksensa aaltoilevat hyökkäyksen alla ja hänen kädenjäljensä hehkuvat punaisena hänen valkoisella ihollaan.

Hän huutaa ja huokaisee:

"Ohhhhh thatooo hurtsleeeeee".

Hän kiljuu ja vääntelee jalkojaan potkimalla, kun hän ruoskii häntä jälleen syvään.

***

Hän kadottaa piiskauksen, kun kipu täyttää hänen pienen ruumiinsa ja lämmittää häntä.

Hän huomaa lämmön, joka alkaa hänen pienessä pillussaan, ja kosteuden hänen reisillään, kun hän piiskaa häntä.

Lämpöensä eksyneenä ja tarve huutaa, pienet kyyneleet valuvat hänen poskilleen.

***

Hänen kätensä puutuu, kun hän ruoskii häntä kovasti nauttien hänen kovien lihaksiensa kireydestä, hänen huudoistaan ja anomuksistaan, että hän lopettaisi hänen piiskaamisen, kun hän maalaa hänen pienen perseensä kirkkaan punaiseksi.

Hän pysähtyy, kun hän näkee hänet märkänä jalkojensa välissä, uskomattomalla tavalla, hänen pieni vartalonsa nykivän hänen sylissään.

***

Hänen mielensä lukittui tämän miehen voimaan, kun hän hautoo ja huutaa.

Kun hän jatkaa hänen piiskaamista lujasti ja nopeasti, hänen kehonsa ottaa vallan hänen mielensä pyöriessä, hän tuntee kuumuuden ja tukahdutetun tarpeen liian kyvyttömästä poikaystävästä ja on eksyksissä tunteeseensa tulevansa, kovenevansa ja orgasmiinsa. ruiskuttaa hänen reisilleen tällä yksinkertaisella piiskalla.

Hän tuntee, että hän pysähtyy ja kuolee sisällä.

Hänen häpeänsä täyttää hänet, kun hän vapisee hänen sylissään, haukkoen ja nyyhkyttäen.

Hänen punastuvan lämpönsä täytti hänen kasvonsa, niin hämmentyneenä, kuinka hän olisi voinut tehdä sen?

***

Hän hymyilee nähdessään hänen kasvonsa punastuvan häpeästä pitäen häntä paikallaan tietäen, että tämä on hänen hetkensä.

"Ensi viikolla sinusta tulee orjani. Tämä on kuninkaallinen ammattisi. Tottelet minua kaikessa, mitä käsken sinua. Pysyt aina näkyvissä ja pyydät lupaani lähteä tarvittaessa, vaikka vain mene vessaan. Omistan sinut ja sinä tottelet minua. Viikon lopussa puhumme tästä taas."

***

Hän makaa hänen sylissään ja tuntee hänen piiskansa orgasmin ja kuuntelee hänen sanojaan.

Se on lausunto, ei kysymys.

Hän ymmärtää, ettei hän ole antanut hänelle vaihtoehtoja.

Hän kallistaa päätään häpeässään ja vapisee siitä, mitä hän juuri teki.

Ja hän huutaa:

"Kyllä herra"

TILANTEEN HYVÄKSYMINEN

"Orjasi viikon ajan."

Viikko ei voinut olla liian huono, koska hän oli aina kohdellut häntä kuin prinsessaa.

Jopa hänen muutaman minuutin takaisen kovan ajan ja tämän viikon täydellistä tottelevaisuutta koskevan pyynnön jälkeen hän oli poiminut hänet, pyyhkinyt hänen kyyneleensä ja lähettänyt hänet omaan kylpyhuoneeseensa siivoamaan.

Hän seisoi peilin edessä ja koki uudelleen häpeään, hän oli paha tyttö ja nyt Robert tiesi sen.

Hitto!

Hän puri huultaan miettien, pitäisikö hän kaiken tämän salassa pelatessaan peliä.

Koska se oli peli, eikö niin?

Hän tuli ulos kylpyhuoneesta, hänen kasvonsa eivät enää heijastuneet juuri tapahtuneesta, ja hänen punoittava peppunsa oli ainoa ulkoinen todiste siitä.

Hän käveli häntä kohti tunten hänen kasvonsa jälleen punastuvan, ja hän ojensi hänelle imeytyneen remminsä.

"Ok, niin hyvä. Meillä molemmilla on kuitenkin ihmisiä, joita rakastamme, ja tämä oli, hmmm, hauskaa, mutta en halua kummankaan heistä tietävän..."

Nähdessään naisen syvän punastuvan ja kuullessaan itsensä syyttelyn hänen äänestään hän keskeytti hänet painostamalla hänen etuaan:

"Että annoit minun piiskata sinua, kunnes saavutit orgasmin? Että olet suostunut palvelemaan minua vähintään viikon ajan? Rakas Susy, olet erittäin tuhma narttu!"

Hän katseli häntä kalpeana viimeisestä sanasta, kunnes laski päänsä katsoakseen jalkoihinsa.

Hänen edessään hän kohotti leukaansa pitäen edessään vaaleanpunaista stringiä, ja hän hymyili.

"Ymmärrä, etten halua satuttaa perhettämmekään. Mutta tästä lähtien sinä kutsut minua Mestariksi, kun olemme yksin. Minä, kultaseni, olen mestari ja sellaisena tarvitsen orjaa. Viikon täällä töissä ja viikon lopulla puhumme taas ja katsotaan miten tästä jatketaan."

Tämän jälkeen hän työnsi hihnan taskuunsa ja palasi pöytänsä luo.

Hän nosti kirjekuoren naiselle ja kohtasi tämän kyselevät silmät.

"Tämä on luettelo säännöistä, joita sinun tulee noudattaa viikon aikana. Voit mennä kotiin nyt ja tutkia sitä siellä. Tule huomenna aikaisin, meillä on paljon tekemistä. Nähdään seitsemältä aamulla."

Hän nousi seisomaan ja suuteli hänen poskeaan hellästi, hän poistui toimistosta ja päätti päivän.

Kun hän lähestyi suudella häntä, hän kuuli hänen kuiskaavan: "Kyllä, mestari", mikä sai hänet hymyilemään leveästi.

SÄÄNNÖT

Sinä yönä hän makasi sängyssä lukemassa viikon ohjeitaan ja pudistaen päätään.

Se tuntui erittäin epämukavalta, mutta jostain syystä hän ei vain voinut sanoa ei.

Mutta minun olisi pitänyt sanoa ei.

Hän oli oikeassa, hän oli huora.

Hän oli halunnut tuntea hänen piiskaavan häntä.

Hänen poikaystävänsä oli suloinen, mutta hän ei koskaan pystynyt piiskaamaan häntä niin kuin Robert.

Hän oli tuntenut hänen kovaa kalunsa painuneen vatsaansa vasten, ottaen huomioon sen koon ja muodon henkisesti.

Hänen poikaystävänsä kalpeni hänen mielikuvitukseensa nähden.

Hän nukahti eläessään uudelleen piiskauksen ja miettien tulevaa viikkoa, hänen kätensä loukussa jalkojensa välissä saamassa päivän toisen orgasminsa.

***

Heräsin aikaisin suihkuun.

Hän ajeli kaiken sääntöjen mukaisesti ja pukeutui huolellisesti.

Hänen hiuksensa oli sidottu hyvin tehtyyn poninhäntään.

Ja hän pukeutui paitapuseronsa alle rintaliivien sijaan, kiitollisena pirteistä pienistä rinnoistaan ja pujasi pikkuhousut lyhyen hamepukunsa alle.

Meikki päällä ohjeiden mukaisesti, hän tarttui kukkaroon ja juoksi ulos ovesta juuri ajoissa ehtiäkseen aikaiseen töihin lähtevään bussiin.

Tavallisen aamuliikenteen puuttuminen niin aikaisin sai rakennuksen näyttämään oudosti autiolta saapuessaan, hän ajatteli noustessaan hissiin.

Kun hän astui sisään hiljaiseen toimistoon, hän yllättyi nähdessään valot päällä ja että hän oli jo siellä.

Hän siirtyi pöytänsä luo ja lähetti nopeasti tekstiviestin "Hyvää huomenta, mestari" ilmoittaakseen saapumisestaan.

* * *

Hän katsoi kelloaan ja hymyili.

Juuri ajoissa.

Hän oli viettänyt yön suunnittelemalla tulevaa viikkoa.

Palkkio niistä vuosista, joina hän tarvitsi omistaa tämän kauniin tytön, joka oli niin pakkomielle.

Hän tarvitsi hänet hyväksymään uuden roolinsa, orjuuttamaan hänen ruumiinsa ja sielunsa, ja hänellä oli vain viikko aikaa tehdä se.

Hän oli suunnitellut koko yön ennen kuin päätti seuraavasta muuttonsa.

Hymyillen hän kirjoitti:

"Hyvä tyttö, olet täällä ajoissa. Tule toimistooni, sulje ovi ja riisuudu. Mene sitten huoneen keskelle ja odota siellä."

* * *

"Kyllä mestari."

Sydän hakkaamassa, hän käveli toimistoonsa ja sulki oven perässään.

Hän tunsi hänen katseensa katsovan häntä tarkasti, hän kääntyi ja otti askeleen eteenpäin.

Hän riisui hitaasti kaikki vaatteet, joita hänellä oli yllään, ja laski ne lattialle viereensä.

Lopulta alasti hän asettui pehmeälle matolle huoneen keskelle ollakseen hänen, hänen orjansa, armoilla.

Hän katseli häntä, kun hän nousi ylös ja siirtyi pöytänsä luota.

Hän leijui hänen ympärillään katsellessaan häntä päästä varpaisiin, joka sen ihon sentin, ei koskenut häneen, mutta niin lähellä, että hän tunsi hänen kehonsa lämmön hanhenlihalla.

Yhtäkkiä hän palasi pöytänsä luo, käski häntä pukeutumaan ja menemään töihin, eikä hän enää keskittynyt jatkamaan työtään.

* * *

Hän näki hänen hämmennyksensä ja pettymyksensä, kun hän pukeutui ja palasi pöytänsä ääreen.

Hän tiesi, että nainen oli valmis tekemään mitä tahansa hän päätti, tottelemaan hänen tahtoaan ja vielä enemmän, hänen nöyryytyksensä ja häpeän vuoksi, joka sai hänet pelaamaan hänen peliään, mutta hän ei halunnut painostaa liikaa.

Hän tarvitsi hänen haluavan enemmän, tarvitsevan enemmän.

Hän kääntyi katsomaan harjoitusohjelmaa pöydällään.

Hänen kulinaariset oppitunninsa sujuivat hyvin.

Yrityksen ihmiset näyttivät pitävän siitä.

Hän koputti leukaansa, kun hän ajatteli, että kenties tilata hänelle illallinen joidenkin ystävien kanssa klubista saattaa olla pian ilmassa.

Hän istui pöytänsä ääressä mielessään muistaen hänelle antamansa piiskauksen, hänen kukkonsa turpoutui siitä, hänen kätensä harjaili häntä vasten, tunsi kiihottumisen, näki hänet alasti ja niin halukkaasti tottelevaisena, että se melkein sai hänet unohtamaan suunnitelmansa, himonsa ja tarpeensa. hallitsemaan tyttöä.

Lähetti pikaviestin:

"Masturboitko, Susy?"

Hän odotti, kun pikaviesti välähti hänen pöydällään.

Hän saattoi kuvitella, että tämä heilutteli ja puristi kusiansa kysymyksestä, mutta hän oli jo tunnustanut paljon enemmän heidän peliensä aikana.

"Kyllä, mestari, usein."

Hän kirjoitti seuraavan viestin valitsemalla seuraavat sanansa huolellisesti, haluten paitsi leikkiä hänen kanssaan myös saada hänet ajattelemaan:

"Voiko olla, että tämä nuori mies, jota et näe paljoa, ei tyydytä sinua tarpeeksi, pikku narttu? Ehkä tämä viikko auttaa sinua pysymään tyytyväisenä."

Tällä hän päätti keskustelun.

* * *

Hän oli työpöytänsä ääressä hämmästynyt vastauksesta ja keskustelun äkillisestä lopettamisesta, mutta hän jäi pohtimaan hänen sanojaan.

Myöhemmin, kiireisenä työssään, hän ei tajunnut, että tämä oli päässyt hänen taakseen, ennen kuin hänen kätensä käpertyi hänen olkapäälleen ja lepäsi hänen oikealla rinnallaan.

Hän kumartui alas ja kuiskasi hänen korvaansa:

"Katson vain pikku narttuni työskentelevän kovasti."

Hyväillen kovettunutta nänniä ja kuunnellen hänen hengitystään kiihtyvän, hän hymyili.

Sitten hän irrotti hänen kätensä ja poistui toimistostaan ennen kuin kääntyi hänen puoleensa:

"Tiedätkö, Susy, tästä tulee erittäin tyydyttävä viikko."

* * *

Hän piti häntä hermostuneena koko päivän pienillä hyväilyillä ja vitseillä, jotka saivat hänet aina kaipaamaan enemmän hänen tiedostamattomia liikkeitään ja hän punastui yhä enemmän.

Tyytyväinen siitä, että hän oli herännyt tarpeeseensa koko päivän, hän halusi lisää.

Sanansaattaja välkkyi pöydällään.

"Ennen kuin lähdet tänään, pikku narttu, tulet pöytääni ja pyydät lupaa jättää palvelukseni tälle päivälle."

***

"Kyllä mestari." Hän näppäili ja kiiruhti nopeasti lopettamaan tekemisensä ja siivoamaan työpöytänsä.

Hän oli hieman innoissaan.

Hän oli kiusannut häntä koko päivän, hänen housunsa olivat märät ja tahmeat, eikä hän voinut uskoa, että hän tunsi olonsa niin kuumaksi.

Hän punastui tietäen, että hän oli se pikku narttu, jota hän kutsui, mutta hän ei näyttänyt auttavan itseään.

Hän nousi seisomaan ja käveli hänen toimistoonsa sulkeen oven ja odottaen hänen tuovan hänet lähemmäksi.

Se oli näin muutaman minuutin, vaikka se tuntui paljon pidemmältä.

Tämä sai hänet hermostuneemmaksi, kunnes hän katsoi häntä ja osoitti kohtaa lattialla hänen pöytänsä vieressä.

"Tässä, Susy."

Hän melkein lensi paikkaan haluten olla jälleen hänen lähellään.

Nähdessään hymyn valaisevan hänen kasvonsa hänen nälkäisyydestään, hänen punastuminen täytti jälleen hänen kasvonsa.

"Ennen lähtöä minun on arvioitava vielä yksi asia." Hän näki hänen vapisevan hieman, kun hän omaksui hänen sanansa. "Ole hyvä huora ja nojaa pöydän yli edessäni, Susy."

Nähdessään hänen ilmeensä väärinymmärryksestä, hän ei odottanut hänen liikkuvan, vaan nousi seisomaan, otti häntä käsivarresta ja painoi häntä nojautumaan pöytää vasten hänen jalkojensa koskettaen tuskin lattiaa.

Hän juoksi kätensä hänen reidensä yläpuolelle levittäen niitä leveästi ja napsautti kieltään lujasti.

"Pikku narttuni Susy, mitä olet tehnyt tänään saadaksesi tämän niin kastumaan?"

Kuultuaan hänen pienen itkun ja nähtyään syvän punastuvan hän virnisti tämän reaktiolle.

Hän olisi helposti voinut syyttää hänen jatkuvaa leikkimistä hänen kiihotuksestaan, mutta hän vaikeni häpeäessään, että hän kutsui häntä huoraksi.

Hän juoksi sormillaan kosteiden puuvillahousujen yli ja jatkoi.

"Mitä meidän pitäisi tehdä noin märän lutkan kanssa?"

Hän työnsi sormensa hänen pikkuhousuihinsa, silitti tämän märkää viiltoa ja katseli hänen kiemurtelevan ja haukkovan henkeään kaikkien niiden pelien jälkeen, joille hän oli antanut hänelle päivän aikana.

Hän tarttui hänen klissiinsä peukalon ja etusormen väliin, puristaen hitaasti ja murisi:

"Vastaa minulle, pikku narttu!"

Hän hymyili jälleen, kun hän kuuli hänen valittavan ääneen ja nähdessään hänen vapisevan.

Työpöytäään vasten hänen reidensä leviävät leveiksi.

Hän tunsi, että hänen nöyryytyksensä hänen sanoistaan täytti hänen kasvonsa värillä, mikä teki hänestä vieläkin märkää.

Hänen leikkisät kätensä ja sormensa pitivät hänet hermostuneena koko päivän, hänen pieni vartalonsa vaati ja tarvitsi hänen kosketusta.

Nyt hänen sormiensa tuntuma, kun he silittelivät hänen pilluaan, sai hänen lantionsa liikkumaan tiedostamatta.

Hänen silmänsä laajenivat, kun hänen sormensa tarttuivat ja puristelivat hänen klitistään, ja hän voihki äänekkäästi:

"Kyllä, mestari, tarkoitan, ei Mestari, oi Jumala!"

"Tiedät mitä tehdä!" Hän huusi, kun hän löi hänen takapuolta lujasti.

Hän jatkoi puristamista aiheuttaen kipua hänen pienessä kehossaan, kun hän huusi uudelleen.

Hänen silmänsä täyttyivät kyynelistä, kun hän löi häntä uudelleen vaatien vastausta:

"Pisuminen, mestari!"

Hän tunsi klittinsä nykivän, kun hän löi jälleen hänen pientä persettä.

Hän kumartui kivusta, kyyneleet valuivat hänen kasvoilleen, hän sai orgasmin huutaen tuskansa ja tarpeensa.

Hän veti kätensä pois ja katsoi huoraa, niin iloisena, että tämä melkein aneli häntä.

Hän nosti hänet ylös ja suuteli hänen itkeviä kasvojaan, kun tämä nyökkäsi hallitsemattomasti hänen käsivarsissaan, hieroi hänen selkäänsä ja rauhoitteli häntä.

Hän vei hänet kylpyhuoneeseen.

"Korjaa meikkisi, pikku narttu, emme halua ihmisten ajattelevan, että pelaamme täällä jotain."

Hän näki hänen katsovan leveää, kiusoittelevaa hymyään, kun hän punastui syvästi ja laski päänsä.

* * *

Kun hän kumartui pesemään ja korjaamaan kasvojaan, hän muisti miltä tuntui, kun hän kosketti häntä.

Näennäinen kovuus housujen alla.

Hänen mielensä vaeltelee kuvien kanssa siitä, mitä hänen kukkonsa on oltava.

Hän vapisi.

* * *

"Koska olet niin epämiellyttävä tyttö, mutta sinulla on enkelin kasvot, käytät märkiä pikkuhousuja, Susy, anna ihmisten ihmetellä, onko enkeli niin viaton kuin miltä näyttää!" Hän nautti hänen kasvojensa vapisevasta ilmeestä. "Huomenna suihkun jälkeen haluan sinun valitsevan suosikki pikkuhousut ja laittavan ne tuon pienen pillun päälle." Hänen mieleensä välähti muisti hänen tiukasta, juuri ajetusta pillusta hänen tarkastuksestaan sinä aamuna. "Joten haluan sinun masturboivan orgasmin partaalle ja lopettavan sitten, lopettavan pukeutumisen ja lähtevän töihin. Heti kun saavut, tule toimistooni."

Hänen silmänsä laajenivat, hänen sydämensä alkoi hakkaa kiihkeästi.

Se, mitä hän pyysi, oli hieman törkeää, mutta hänen pillunsa kiristyi ja hän tunsi sen tippuvan entisestään.

Hän vastasi vapisevalla äänellä "Kyllä, mestari".

Hän katsoi häntä lävistävin silmin, jolloin hän punastui enemmän.

Hänen kätensä kiersi hänen ympärillään koskettaakseen hänen märkää, puuvillapäällysteistä pillua.

Sitten kuiskasi hänen korvaansa uhkaavalla murinalla:

"Ja älä harrasta seksiä välinpitämättömän poikaystäväsi kanssa tällä viikolla, Susy. Olet minun tällä viikolla. Saitko?"

Hänen kasvonsa valaistuivat loistavasti, kun hän kuiskasi: "Kyllä, mestari."

***

Sinä yönä hän nukkui ja nukkui.

Hänen unelmansa täyttyivät hänestä, hänen ruumiinsa oli niin kiihtynyt, että hän näytti jatkuvasti märältä ja tarvitsevalta.

Hän harkitsi soittavansa poikaystävälleen.

Kuinka mestari saattoi tietää, tekikö hän?

Hän tiesi syvällä sisimmässään, että sen tekeminen saisi hänet turhautumaan ja tuntemaan syyllisyyttä, joten hän hautasi päänsä tyynyyn ja yritti mennä takaisin nukkumaan.

***

Seuraavana aamuna hän lähti pitkien valmistelujen jälkeen töihin levottomilla jaloilla matkustaessaan.

Hän katseli ympärilleen nähdäkseen, voisivatko ihmiset tuntea hänen kiihottumisensa, hänen nännit kovettuneet jatkuvasti hänen tarpeestaan kumartaa ja saada hänen pieni nappinsa ärsyttämään häntä.

***

Hän meni suoraan toimistoonsa saapuessaan.

Hän oli puhelimessa jonkun kanssa ja kun hänen katseensa kääntyivät häneen, ilmestyi hymy.

Hän otti kynän ja kirjoitti vieressään olevaan muistilehtiöön "riisua".

Hän käänsi sivun hänen puoleensa ja osoitti paikan tuolin edessä hänen levittäytyneiden jalkojensa välissä.

Hänen jalkansa tärisivät, kun hän käveli kuuliaisesti suuren pöydän ympäri ja alkoi riisuutua.

Hän peitti suukappaleen kädellään ja kuiskasi:

"Hittaasti se ei ole lääketieteellinen tutkimus"

Hän vilkutti hänelle, ja tämä punastui ja nyökkäsi ymmärtäen, että hän riisuutui aistillisemmin.

Tämän hän teki ja lopulta alasti, kuuli hänen sanovan:

"Anteeksi Harry, minun täytyy jättää sinut nyt. Soitan sinulle myöhemmin, joku vaatii huomiotani."

Hän hymyili hänelle ja sulki puhelimen.

Hän tarkasteli häntä kriittisesti, vei sormella hänen sisäreitään pitkin tunteakseen tämän kosteuden, sitten nojautui taaksepäin ja juoksi kielellään tämän märän sormen kärjen yli.

"Käänny ympäri ja kumartu pöydän yli, sinä pikku narttu, ja jalat levittäytyen."

Hän kääntyi ja kaksinkertaistui esitellen tiukan perseensä hänelle.

Kun hän katseli kankaan pientä kärkeä, joka nousi hänen kusista huulistaan, hän puristi sitä ja alkoi houkuttelevasti vetää hitaasti.

Leveät silmät ja melkein vetiset tunteiden ja tunteiden pyörteestä, hän liikutteli hänen pikkuhousujaan katsoen pillunsa tippuvan vielä enemmän, kun hän nosti niitä.

Kun kangasnauha joutui hänen rakoonsa, hän veti lujasti katsoen hänen kasvojaan ikkunan heijastuksesta, kun hän puri huulta ja voihki.

Hän lyö hänen paljaalle pohjalleen ja käski häntä nousemaan seisomaan, ja hän katsoi häntä kriittisesti, kun tämä suoriutui ja kääntyi hänen puoleensa.

Tarkastuksensa jälkeen hän löi naista peppuun vielä kerran ja käski hänen korjata vaatteensa, pukea päälleen kastuneet pikkuhousut ja palata töihin.

Hänen kasvojensa punastuminen ja hämmentynyt ilme ilahdutti häntä suuresti.

Sitten hän käänsi selkänsä hänelle ja otti puhelimen jatkaakseen heidän aikaisempaa keskusteluaan, hänen silmänsä keskittyivät hänen heijastukseensa toimistonsa väliseinissä.

"Todellakin." Hän ajatteli itsekseen: "Tästä tulee erittäin tyydyttävä viikko. Ja jos suunnitelmani onnistuu, siitä tulee paljon, paljon pidempi kuin viikko..."

TAPAAMINEN JOHTAJAN KANSSA

Hän palasi pöytänsä luo, hänen kasvonsa punastuivat hämmennyksestä ja häpeästä.

Hän ei ollut edes ajatellut sanoa ei ja lopettaa pelin.

Hän istui pitkiä minuutteja miettien, mitä tapahtuisi, jos hän tekisi.

Jumalauta, hän ajatteli. "Erottaisinko hänet ja selittäisinkö hänen perheelleen miksi tai kertoisin heille, että hänen täytyi tehdä se, koska hän oli niin tuhma?

"Ehkä", hän perusteli. "Hän saattoi mennä isänsä luo kertomaan hänelle, mitä tämä mies sai hänet tekemään, mutta hän masentui tajuten, ettei hän ollut todella tehnyt mitään, johon hän ei ollut suostunut tai pyytänyt, eikä hän voinut kertoa sitä isälleen."

Hän hymyili ajatellessaan rakastavaa isäänsä.

Hän oli hänen suloinen enkelinsä, eikä hän kestänyt tuottaa hänelle pettymystä totuudessa, että hän oli pieni viksu, kuten mestari Robert kutsui häntä.

Haaveinsa eksyneenä hän ei nähnyt vilkkuvaa pikaviestiä ennen kuin oli liian myöhäistä.

Toinen ja kolmas viesti ilmestyi "TÄSSÄ NYT!"

Hän melkein kuuli hänen huutavan, kun hän hyppäsi ja vapisi odotuksesta.

Hän ei vastannut, vaan juoksi toimistoonsa ja pysähtyi aivan ovelle.

Kun hän astui sisään ja puhumatta, hän viittasi tälle sulkemaan oven ja osoitti kohtaa pöytänsä edessä.

Kävellessään hitaasti paikalle, hän seisoi odottaen, kun hän lopetti muistiinpanojen kirjoittamisen tietokoneellaan.

Hän katsoi häntä pettyneenä ja pudisti päätään.

Hänen hiljaisuutensa teki naisen hermostuneemmaksi, ja hän nousi ylös ja seurasi häntä vetäen hameen ylös, paljastaen hänen vielä märät pikkuhousut ja lyömällä hänen takapuoleen lujasti.

Nauttiessaan tämän huutamisesta hän käänsi hänet ympäri ja puristaen hänen leukansa lujasti sai tämän katsomaan hänen silmiinsä.

Hän nojautui hänen kasvoilleen ja murisi: "Minä, Susan, olen herrasi! Sinä, tyttöni, olet orjani ja välinpitämättömyytesi saa minut uskomaan, että sinun täytyy muistaa se."

Hän katseli, kun hänen silmänsä eksyivät hänen silmistään.

"Katso minua!" Hän murisi naisen kasvoille nauttien hänen huokauksestaan, kun hänen silmänsä kohosivat häneen.

Hän katsoi häneen ja alkoi änkyttää anteeksipyyntöjä, mutta hän painoi kätensä tiukemmin hänen leukaan, mikä hiljensi hänet, kun hänen silmänsä täyttyivät kyynelistä.

Hän näytti niin kauniisti haavoittuvalta, että hänen kukkonsa nykisi.

"Sinun täytyy tietysti saada rangaistus, mutta luulen, että nauttisit uuden piiskauksesta, eikö niin, pikku narttuni?"

Hän katsoi tyytyväisenä, hänen hämmennyksensä levisi hänen kasvoilleen, kun hänen tummat silmänsä katsoivat häntä.

"Odotan yhtä johtajista, eikä minulla ole aikaa käsitellä tottelemattomuutesi juuri nyt", lähettäessään hänet toimistonsa nurkkaan pöytänsä taakse, hän jatkoi: "Seiso nurkassa kuin tuhma tyttö että sinä olet, kun minä tapaan Alanin."

Hän tunsi naisen jäykistyvän ja näki hänen kätensä alkavan liukua alas hameaan, mutta hän löi hänen peppuaan kovasti jättäen vaikutelman punaiseksi ja kuumaksi.

"Jätä hame sellaisena kuin se on. Risti kätesi edessäsi, jos et voi edes noudattaa tuota yksinkertaista ohjetta."

Hän kuuli hänen voihkivan ja tukahduttavan nyyhkytyksen, ja hymy vaalensi hänen kasvojaan, ja hän palasi pöytänsä luo.

Hän kalpeutui fyysisesti kuultuaan hänen korottavan ääntään ja huutavan:

"Tule sisään Alan. Olen pahoillani, ettei avustajani ollut päästämässä sinua sisään."

Hän kuuli syvän äänen nauraen, kun Alan astui sisään.

"Ei hätää, Robert. Näen, että olet sisustanut täällä uudelleen. Minun on sanottava erittäin mukavaa, ja tuo lisäämäsi punaisen ripaus, mahtavaa!"

Hänen mielensä pyöri:

"Puhuiko hän hänestä? Ei varmaankaan"

Mutta hän ei voinut olla sille, että hänen poskilleen ilmestyi kirkas punoitus, kun hän katsoi ulos seuraavasta ikkunasta.

Hän yritti pysyä paikallaan eikä hämmentynyt siinä toivossa, että hän häipyisi taustalle, kun he puhuivat jostain asiakkaasta tai jostain muusta.

Lopulta kokous päättyi ja Alan lähti onnellisesti:

"Luulen, että voisin sisustaa toimistoni samalla tavalla, Robert, mutta ehkä pohjoismaisella teemalla."

Hän vilkaisi Robertille ovelaa ja lisäsi:

"Tulen hulluksi, kun näen kurvikkaan blondin. Ehkä on aika tehdä Annesta henkilökohtainen avustajani."

Hän nauroi ääneen lähtiessään, ja nainen värähteli sisällään.

UUSI LELU

Hän jätti hänet seisomaan vielä puoleksi tunniksi, kun hän täytti raportteja tietokoneella ennen kuin lopulta kutsui hänet luokseen.

"Toivon, ettei minun tarvitse enää rankaista sinua, pikku orja, ja auttaakseni sinua kiinnittämään huomiota minulla on sinulle lahja."

Hän avasi pöytänsä laatikon, otti esiin pienen kuuman vaaleanpunaisen sylinterin ja katsoi häntä, kun tämä katsoi sitä uteliaasti.

"Hän on todella niin viaton", hän ajatteli itsekseen ja hymyili viitelleessään tätä omaan kylpyhuoneeseen ja työntämään uuden lelun pilluansa kuin tamponin.

Hän rakasti tapaa, jolla tunteet leikkivät hänen kasvoillaan, punastuen lumoavasti, kun hänen mielensä taisteli tätä alistumista vastaan.

"NYT, orja!"

Hän otti pienen esineen hänen kädestään ja käveli hitaasti kylpyhuoneeseen ja kääntyi sulkeakseen oven.

Mutta hän näki hänen nojautumassa ulos katsomassa häntä.

"Minun täytyy pissata ensin, ole hyvä mestari." Hän änkytti.

"Mene, pikku orja, en estä sinua." Hän perääntyi hieman, mutta ei liikahtanut ovesta pitääkseen sitä auki.

Hän jäykistyi kääntyessään kuullessaan hänen huokaavan äänekkäästi.

Hän ei näyttänyt huomaavan, kun hän veti pikkuhousunsa alas virtsatakseen ja työnsi lelun sisään.

Hän nousi ylös vetäen kosteat pikkuhousut takaisin paikoilleen.

Ja kun hänen kätensä olivat valmiita laskemaan hameensa, hän kuuli hänen napsauttavan kieltään.

Hän katsoi ylös nähdäkseen hänen pudistavan päätään.

Hän jätti hameensa tiukasti vyötärön ympärille, lopetti kätensä pesun ja seurasi häntä hänen työpöytänsä luo.

Hän näki, että hän rypisteli häntä ja mietti, mitä hän olisi voinut tehdä järkyttääkseen hänet nyt.

"Susan, tämä on mielestäni oppituntien päivä sinulle."

Hän pysähtyi hetkeksi ja antoi hänen miettiä sanojaan.

"Orjat eivät huokaise isäntiensä puolesta! Ymmärrätkö? Se on yksinkertainen, kyllä isäntä, koska koska olet orjani, tottelet minua!" hänen silmänsä lukittuivat hänen silmiinsä, kun hän selitti viimeisimmän rikkomuksensa.

Hän näki, kuinka kauhu ja hämmennys kulkivat hänen kasvojensa yli, hänen hampaat pureskelivat jälleen hänen alahuultaan suloisesti.

Joskus se on kuin pientä tyttöä rankaisisi, hän ajatteli.

Silmät auki, hän nyökkäsi, toipuessaan tarpeeksi kuiskatakseen: "Kyllä, mestari", kun hän näki hänen kovettuvan edelleen vihasta.

Hän oli nyt peloissaan, koska hänen ilmeinen vihansa vahvisti hänelle, että tämä ei ollut enää peliä.

Vahvistus osui häneen kuin isku kasvoihin, mikä melkein keinutti häntä takaisin kantapäilleen hänen uuden tietoisuutensa voimalla.

Hän tiesi, että hän oli tullut liian pitkälle, tehnyt liikaa, antanut hänen tehdä liikaa itselleen voidakseen nyt perääntyä tai pyytää häntä lopettamaan.

Jokainen tällainen sana olisi kuollut hänen kurkkuunsa.

Minuutin hiljaisuuden jälkeen hän alkoi itkeä ja kääntyi kävelemään pois.

Hän näki hänen murtuvan, hänen aikeidensa ymmärtämisen valtaavan hänet.

Tämä oli hänen aikansa alkaa tehdä hänestä todella omaansa.

Hänen täytyi liikkua nopeasti, ennen kuin hän panikoi ja pakeni hänestä kokonaan.

Hän ojensi kätensä salamannopeasti ja tarttui hänen käteensä ennen kuin hän ehti juosta.

Hän piti kaukosäädintä silmiensä edessä ja painoi nappia aloittaakseen pillussaan matalan huminan.

Hän nyökkäsi ja huokaisi katsoen häntä kohti.

Hän sanoi syvällä äänellä:

"Kyllä, pikku lutka, minä hallitsen sitä uutta lelua kusessasi aivan kuten minä hallitsen sinua. Olen mestarisi."

Hän katsoi hänen peloissaan silmiin, kun hän hyväili hänen takapuolta.

Lelu sumisesi suuremmalla nopeudella.

Hänen hengityksensä alkoi lisääntyä hänen jännityksen tunteensa myötä.

Hän kumartui ja kuiskasi hänen korvaansa:

"Tykkään olla huorani, eikö niin, Susy?"

Hän siirtyi vielä lähemmäksi vetäen häntä lähemmäs itseään jatkaessaan:

"Ilman, että sinun tarvitsee piilottaa kuinka tuhma olet ja tunteita siinä tiukassa pienessä pillussa, jonka lelu jättää sinulle, kun olet kanssani, tiedät, että sinun oli tarkoitus palvella minua."

Tällä hän löi häntä lujasti peppuun lämmittäen sitä kädenjäljellään.

Katsellessaan hänen purevan huuliaan, hän näki tunteiden leijailevan hänen ilmeikkäillä kasvoillaan niiden täyttyessä väreistä.

"Voit olla oma itsesi kanssani, Susy. Rakastan kaikkea mitä olet ja kaikkea mitä voit ja tulet olemaan minulle."

Hän tunsi, kuinka lämpö lähti pois hänestä, häpeä ja pelko sekoittuivat kasvavaan seksuaaliseen nälkään, joka ilmestyi hänen vihreisiin silmiinsä pillussa olevan lelun kiihottumisen vuoksi.

Se oli hidas, harkittu sanavalinta, joka antoi niiden tunkeutua hänen mieleensä, kun hän kamppaili oivalluksen kanssa, ettei tämä olisi enää koskaan peliä hänelle.

Hän puhui väsymättä täyttääkseen hänen päänsä toiveillaan.

"Olen tuntenut sinut melkein koko elämäsi. Aina niin suloinen, niin viaton ja niin tottelevainen, että tiesin sinun syntyneen orjaksi, pieni vixen. Tarvitset Mestarin, joka antaa sinulle nautinnon ja tuskan, jota kaipaat."

Hän piti äänensä pehmeänä, matalana murinana naisen korvassa, mutta sanoissaan tiukka, käskevä terä.

"Voit luottaa minuun, Susy, minä pidän sinusta huolta ja pidän sinut turvassa, kun ruokittelen himojasi ja toiveitasi."

Hän välitti tämän toisella iskulla jo punaiseen perseeseensä.

"Pyydän vain pieneltä orjalta, että palvelet minua ja tottele minua hyvin. Olen herrasi, Susy. Ja sinä, pikku kettu, olet orja, jota haluan."

Hän huohotti nyt, hänen vartalonsa tärisi näkyvästi jännityksestä, kun hän aktivoi lelua hieman kovemmin ja löi hänen persettä uudelleen.

"Omistan ja huolehdin sinusta arvokkaimpana omaisuuteni. Mestarinasi koulutan sinut miellyttämään minua ja rankaisemaan sinua, jos et tee niin."

Hänen kätensä osui jälleen hänen perseeseensä.

Hän levitti jalkansa hieman leveämmäksi pitäen häntä tuskin pystyssä, kun hän antoi hänelle mitä tämä tarvitsi.

Aivan kuten hän halusi hallita häntä, hän tarvitsi hänen vaatimuksiaan hallitakseen häntä.

Hän saattoi nähdä ja tuntea kuinka kuuma hänestä tuli joka kerta, kun hän totteli hänen yhä halveksivampia käskyjään, jopa nyt, kun hän katsoi hänen kyynelten täyttämiin silmiin.

"Sinun täytyy luottaa ja totella herraasi, Susy." Hän löi hänen takapuolta uudelleen ja murisi matalalla: "Tule luokseni, pikku lutkani. Tottele minua ja suvaitse herraasi, orja."

Hän laittoi jalkansa hänen jalkojensa väliin, kun tämä käänsi lantiotaan, ja antoi hänen hieroa hänen päälleen märkää, sykkivää pillua ja katsoi hänen päänsä kallistumaan takaisin voihkimaan.

Hän kietoi kätensä hänen pienen ruumiinsa ympärille ja veti tämän lähelle, kun tämä alkoi vapista ja vapisemaan, nosti hänet ylös, kantoi hänet täytetylle tuolille ja istui hänen sylissään antaen hänen sisällään surinan hitaasti vaimentua.

Sillä hetkellä hän ei halunnut muuta kuin miellyttää häntä, totella häntä, tulla hoidetuksi ja arvostetuksi.

Hän istui hänen sylissään pitkään ja tunsi tämän hyväilevän itseään, silitti hänen hiuksiaan ja selkää, kun hän rauhoittui.

Hän ei kyennyt sanomaan, mitä hän tunsi, vaan ajatteli läpi kaiken, mitä oli sanonut ja tehnyt.

Asioissa, joita hän oli tehnyt ja antoi hänen tehdä itselleen viimeisen kolmen päivän aikana, hänen luottamuksensa ja huolenpitonsa sanoin, ilo ja tuska, jonka hän antoi hänelle.

Tiedostamattaan hän kiemurteli ja puri huultaan uudelleen.

Hänen punastuminen täytti hänen kasvonsa, hänen hämmennyksensä ja nöyryytyksensä valtasivat kaikki muut tunteet.

Hän pelkäsi edelleen hieman hänen vihaansa ja sitä, mitä tämä oletettu peli hänelle todella merkitsi, mutta hän tunsi myös hänen rakkautensa häntä kohtaan.

Hän oli melkein kuin isähahmo, tiukka ja ankara, mutta rakastava, kun hän piti itsensä hänen käsivarsissaan sillä tavalla.

Oliko hän väärin, että hän ajatteli häntä tällä tavalla ottaen huomioon, mitä hän oli tehnyt, ja antoi hänen tehdä niin hänelle?

Hän ei vain hyväksynyt heidän kepposiaan, vaan myös rohkaisi heitä.

Se oli saanut hänet huutamaan orgasmeja, mutta hän ei ollut etsinyt omaansa.

Hänen mielensä kiertyi sen kanssa, mitä hän tunsi.

Hän tunsi haluavansa tehdä tämän hänen puolestaan, hänen mielensä takaraivoon työnnetty voimakas tarve paeta häntä, joka tällä hetkellä korvattiin halulla miellyttää häntä, kun hän pohti hänen sanojaan, huolenpitoa, luottamusta ja rakkaus.

Hän kuvitteli miltä tuntuisi olla hänen perseestä ja täynnä hänen cum ja hän vääntelі hänen käsivarsissaan painaen hänen vahvaa kovaa ruumista.

Hän istui naisen käpertyneenä syliinsä ja katseli hänen kasvojaan tietäen, että tämä harkitsi kaikkea, mitä hän oli sanonut hänelle ruokkiessaan hänen kasvavia masokistisia tarpeita.

Hän hymyili katsoessaan hänen purevan huuliaan ja punastuvan.

Hänen täytyi saada tämä kaunis pieni tyttö ruumiillaan ja sielullaan omistukseensa, saada tämä kantamaan tuskaansa enemmän ja kärsimään hänen puolestaan, mutta hän tarvitsi tämän tulevan hänen luokseen vapaaehtoisesti.

Hänen ajatuksensa synkkenivät, ja vaati hänen kaiken tahdonvoimansa olla heittämättä pois suunnitelmaansa ja ottaa hänen ruumiinsa juuri nyt ottamaan hänet haltuunsa ja pakottamaan hänet hänen palvelukseensa.

Hän päätti, että hänen täytyi etsiä yksi yrityksen lutoista selvittääkseen turhautumisensa ennen kuin hän menetti päättäväisyytensä.

Hän löi kevyesti persettä ja herätti hänet:

"Pikku narttu, sinä olet ollut turha henkilökohtainen avustaja tänä aamuna, joten mene takaisin pöytäsi ääreen ja jatka työsi kanssa. Soitan sinulle, jos tarvitsen sinua."

Hän hymyili, kun lelu surisi hetken, jolloin tämä henkäisi ja ymmärsi sen merkityksen aivan liian selvästi.

Hän auttoi häntä nousemaan sylistään hymyillen katsoessaan hänen epäsiistiä katseitaan ja hänen kimaltelevia märkiä reisiään.

"Voit käyttää kylpyhuonettani siivoamiseen, pikku lutka, mutta jätä lelu sinne, missä se on." Hän hymyili, kun hän henkäisi katsoessaan häntä lyhyesti.

"Jos rakastan."

Kun hän kiirehti kylpyhuoneeseen ja katsoi itseään peilistä, hän pohti, lakkaisiko hän koskaan punastumasta ollessaan hänen kanssaan.

Hän korjasi nopeasti meikkiä ja pyyhki pois todisteet hänen tarjoamasta nautinnostaan, ja hän nyökkäsi, kun hän kääntyi näkemään punaisen perseensä.

Poistuessaan kylpyhuoneesta hän näki, että hän oli lähtenyt sanaakaan ja palasi pöytänsä ääreen tunteen itsensä oudosti yksin ilman hänen jatkuvaa läsnäoloaan.

ALTISTETTU MUISTEN EDESSÄ

Muutamaa tuntia myöhemmin hän tunsi lelun alkavan taas hyräillä hetkiä ennen kuin hän palasi näyttäen rentoutuneelta ja hymyillen hänelle kirkkaasti.

Hän palautti hymyn hänen kasvoilleen hänen nähdessään, hän siirtyi naisen taakse katsoen olkapäänsä yli tietokoneeseensa ja asetti molemmat kätensä hänen tissiensä päälle puristaen niitä, kunnes tämä voihki pehmeästi.

"Työskenteletkö kovasti, pikku orjani?"

Ennen kuin hän ehti vastata, hän näki Alanin näyttäytyvän Annen, vastaanoton blondin pommin kanssa, vierellään.

"Hyvää iltapäivää, herra Clarkson", Susan hymyili yrittäen olla huomioimatta sitä tosiasiaa, että hänen isäntänsä kädet vaivatsivat edelleen hänen rintojaan, vaikka hänen kasvonsa peittävä punoitus puhui paljon.

"Susan kulta, ikävöin sinua tänä aamuna, toivottavasti sinulla ei ollut mitään ongelmia."

Näennäisesti aina ylenpalttinen Alan Clarkson hymyili ja nauroi:

"Anne on nyt henkilökohtainen avustajani, ja minun täytyy viedä hänet ostamaan muutamia asioita, jotta voin kouluttaa hänet kunnolla kaikkeen, mitä hänen uusi roolinsa sisältää."

Hän hymyili Susanille.

"Robert haluaa myös sinulle asioita, onnentyttö, mutta meidän on tiedettävä joitain kokoja ja mittoja. Vaikka kuinka näen, harjoituksesi on ollut erittäin käytännöllistä."

Hän nauroi hyväntahtoisesti ja katseli, kuinka isäntänsä kädet peittivät edelleen hänen pienet tissit.

"Mennään toimistooni tekemään luettelo."

Hänen isäntänsä nauroi yhdessä Alanin kanssa, nosti häntä tissistä ja löi häntä kevyesti saadakseen hänet liikkeelle.

Hän vei hänet huoneen keskelle ja käski häntä tuijottaen häntä:

"Susan, ole alasti, jotta Anne saa tarkat mitat."

Hän katsoi häntä ankaralla katseella, kun hän epäröi.

Hän jähmettyi epäuskoon, lelu sumisesi kovempaa, jolloin hän haukkoi henkeään ja katsoi ylös, ja hän kohotti kulmakarvojaan.

Hän nielaisi, pudistaen hieman päätään.

"NYT Susan!" viha välähti hänen silmissään, kun hän katsoi häntä.

Leikkien vapisevin käsin hän pudotti hameensa ja riisui takkinsa ja puseronsa, jotka hän ojensi Annelle, joka tarkasti koot ja teki muistiinpanoja.

"Liivit myös, Susy, voit pitää likaiset pikkuhousut toistaiseksi."

Hän jatkoi hänen katsomistaan vihaisena.

Hän järkyttyi hänen sanoistaan ja otti rintaliivit pois.

He muuttivat pois hänestä, kun hän oli lopettanut riisumisen.

Kaksi miestä siirtyi mestarinsa pöytään keskustelemaan luettelostaan hiljaa, katsellen häntä kaukaa.

Hän makasi sisällään murtuneena ja makasi melkein alasti ja vapisi, kun Anne kosketti ja mittasi hänen pienen ruumiinsa eri osia, mukaan lukien ranteet, nilkat ja kurkku, ikuisuudelta tuntuvan ajan.

Vaalean naisen kädet näyttivät saaneen hänet syttymään entisestään, kun lelu humina teki hänestä kosteamman ja hänen nännensä mahdottoman kovaksi, mikä lisäsi hänen nöyryytystään.

Alan virnisti, kun Anne vihdoin nousi jaloilleen ja rullasi mittanauhan.

"Tule orja, mennään ostoksille!" Susan jännittyi, mutta hän tarttui Annen kädestä ja vei hänet ulos huoneesta huutaen olkapäänsä yli. "Nähdään muutaman tunnin kuluttua Robert."

Susanin silmät suurenivat toiselle tytölle kohdistetusta sanasta orja ja hän kääntyi katsomaan heidän menevän.

Hän viittoi häntä tulemaan luokseen, osoitti kohtaa lattialla pöytänsä takana, lähellä häntä, ja katseli häntä, kun melkein alasti kyykkyi paikallaan.

"Pidittekö pitämään noita likaisia pikkuhousuja koko päivän?"

Hän juoksi kädellä hänen lantionsa ja pillunsa yli, tunsi hänen kosteudensa.

"Ei mestaria".

Hän hymyili.

"No, ota ne pois ja kun seuraavan kerran sinua houkuttelee käyttämään pikkuhousuja, mieti miltä se tuntui."

Hänen hymynsä muuttui vakavaksi.

"Et koskaan enää käytä mitään, mikä peittää pikku kusipääsi ilman nimenomaista lupaani. Ymmärrätkö minua orjana? Tai sitten epämukavuus on paljon pahempi, lupaan."

Hänen silmänsä tutkivat hänen silmiään varmistaakseen, että tämä ymmärsi, että tämä, kuten kaikki hänen käskynsä, ei ollut neuvoteltavissa.

Hän veti pois likaantuneet, haisevat pikkuhousut, hän seisoi vapisevana ja alasti hänen edessään, hengitti hitaasti ja kuiskasi:

"Jos rakastan."

Hyväillen hänen pakaraan kevyesti, hän työnsi hänet alas, kallistaen hänet syliinsä ja puhui pehmeästi, mutta hänen äänensä mukaan.

"Koska olet orjani, kun pyydän sinua tekemään jotain, jota tottelet, onko se oikea orja?"

Antamatta hänelle aikaa vastata, ja hyväillen hänen kaunista persettä hän jatkoi sanomista.

"Sinä suostuit siihen. Kuitenkin jo kolmatta kertaa tänään joudun rankaisemaan sinua."

Hän ei ollut jättänyt hänelle tilaa vastata ja hymyili, kun tämä voihki.

"Epäröintisi, kun pyysin sinua riisuutumaan, ei ollut hyväksyttävää, tottelet minua orjana riippumatta siitä, kuka on lähellä."

Hän tunsi naisen jännittyneen, kun hän kuvaili inhoaan.

"Sinun täytyy luottaa siihen, etten aseta sinua vaaraan. Alan on myös mestari ja Anne on hänen orjansa."

Hän antoi surun ja pettymyksen hiipiä ääneensä.

"Se, että kieltäydyit riisuutumasta, kun käskin sinua, ei ollut heijastus vain sinusta, pikku orja, vaan myös minusta herraasi."

Hän säpsähti hänen äänensävystä ja huomasi olevansa hämmentynyt siitä, että hän oli jälleen järkyttynyt, tarve miellyttää häntä oli kiihottanut häntä aiemmin, ja hän halusi anoa hänen anteeksiantoaan.

Hän alkoi ilmaista pyyntöään, mutta hiljensi sen.

"Ymmärrän, että tunnet olevasi orja ja se harmittaa minua, että joudun taas rankaisemaan sinua, mutta opit luottamaan minuun ja tottelemaan minua kaikessa, mitä pyydän sinulta."

Hän voihki hämmentyneenä, samoin kuin lämmöstä, joka kasvoi häneen, mikä johtui hänen silittelevästä kädestä ja syvällä hänen tippuvan kusipäänsä sisällä surinasta lelusta.

Hän tunsi hänen kätensä nousevan ylös ja varmisti itsensä luullessaan, että hän hakkaisi häntä, mutta sen tilalle tuli tunne, että ohut sauva silitti hänen ihoaan.

Kun hänen vasen kätensä liikkui hänen alta hyväillen hänen pilluaan, lisäten nautintoa hänen läpi kulkevaan tunteiden sekoitukseen.

Hän kiemurteli hänen kosketuksestaan, mutta huusi hämmästyneenä, kun henkilökunta törmäsi hänen perseeseensä pureutuen hänen lihaansa, mikä sai hänet hyppäämään hänen syliinsä jalkojensa lentäessä.

Hän tunsi hänen sormensa vajoavan pilluinsa ja klitooseen pitelevän häntä paikallaan ja hän huusi uudelleen, hänen haukkonsa ja voihkauksensa muuttuivat tuskallisiksi miaukuiksi ja eroottisiksi hauhoiksi, kun hän löi häntä vielä kahdesti jatkaessaan pillua sormimista.

Hänen iholleen ilmestyi kolme punaista piikkuvaa viilaa jokaisesta hänen rikkomuksestaan sinä päivänä.

Hän tunsi naarmujen palavan ihollaan, kun julma sauva korvattiin jälleen hänen kätensä kanssa.

Hänen sormensa vääntyivät ja vetäytyivät hänen turvonneesta klitoristaan, kun hän törmäsi kiharaisiin linjoihin hellittämättä, mikä sai hänet vääntymään ja taipumaan sylissään voihkien kivusta ja kiihotuksesta.

Hän katsoi sylissään olevaa mehukasta pientä punaista vartaloa.

Hänen ilonsa ja innostuksensa olivat ilmeisiä, kun hän katseli hänen nauttivan ja itkevän hänen puolestaan.

Hän oli hänen Mestarinsa, pitkäaikainen toive, joka odotti toteutumistaan.

Viikon lopulla hän hyväksyi paikkansa orjakseen mielellään tai hän otti hänet tarvittaessa väkisin, mutta hän tiesi, ettei voinut päästää häntä menemään.

Hän puhui jälleen hiljaisella äänellä ja murahtien:

"Tule hakemaan herraasi, pikku orja. Näytä minulle kuinka paljon rakastat rangaistustani."

Hänen ruumiinsa vääntyi, kumartui, jännittyi ja vapisi, kun hän räjähti hänen käskystä.

Hänen mielensä oli hukassa, leijuen nautinnon ja tuskan pilvessä kolmatta kertaa sinä päivänä.

Hän huusi hänen puolestaan ja juoksi.

UUSIA VAATTEITA SUSANILLE

Susan heräsi hämmentynyt ja hämmentynyt , aina edelleen alasti .

hän halaili itsensä päällä _ iso , kanssa vaahto täytetty sohva hänen sisällään toimisto mestarin sylissä . _ _

hän piti sinä hellävarainen ja suojaava kuin yksi _ makea rakastaja .

Hänen ruumiinsa kuitenkin kertoi hänelle toisin ja hänen oli kipeästi venytettävä särkyviä lihaksiaan.

Hän yritti varovasti vapautua hänen käsistään, vain tuntikseen tiukeutuvansa hänen ympärilleen.

Hän luovutti, pyöritti käsiään selkänsä takana ja venytti vartaloaan, tunsi lihasten vastustavan ja lisää kipua.

Hän kohtasi hänen silmänsä, kun hän katsoi häntä.

Hän mursi lopulta halauksensa ja juoksi hänen kätensä yli vartalonsa, kun hän venytti kuin kissa.

"Sinä kuulut minulle." Hän yksinkertaisesti sanoi.

Lyö hänen lantiotaan kevyesti

"Kyllä on myöhä, pikku Susy, olet nukkunut jonkin aikaa, minulla on auto odottamassa sinua viemään sinut kotiin."

Hän hymyili hänelle lempeästi.

"Sinun on parempi pukeutua ja mennä kotiin ennen kuin löydän täältä lisää tekemistä sinulle."

Hänen silmänsä suurenivat ja hän nauroi.

"Voit kertoa kenelle tahansa, joka kysyy, että myöhästyin töistä koulutustarkoituksiin."

Hän aidosti nauroi hänen punaisille kasvoilleen, kun tämä nousi seisomaan ja katsoi mekkoaan.

Hän säpsähti ja tunsi levottomuuden pyörteen, kun hän harjaili hameen alaosaansa.

Hän meni hetkeksi kylpyhuoneeseensa hoitamaan hiuksensa ja meikkinsä mahdollisimman hyvin ennen kuin meni työpöytänsä taakse hakemaan pois heitetyistä likaisista pikkuhousuistaan.

Alushousut kädessä, hän esitteli itsensä kuuliaisesti ja kysyi:

"Anteeksi tämä päivä, mestari?"

Hän hymyili hänelle ja nousi suutelemaan häntä syvästi.

Hän huusi hieman hämmästyksestä, kun hän tunsi hänen huulensa omillaan, hämmästyneenä suudelmasta.

Vastaanottaja kaikki viimeisessä _ päivää tapahtui , tämä oli hän ensimmäinen oikeampaa suudella ja häntä sulatettu Kanssa häntä .

Hän käytti niitä kohtaan hänen työpöytä ilman suudelmaa _ _ kohtaan tauko .

Hän laittoi sen varovasti pöydälle sen kanssa sinä heidän tasku- hakea pystyi ja puhui pehmeästi :

"Kyllä, orjani, pidin vihdoin sinusta tänään."

Hän antoi hiven hymyä kasvoilleen kiusoitessaan häntä.

" Mene jälkeen kotiin ennen kuin muutan mieleni harkita ."

Hän taputti hänen persettä ja nautti hänen valituksistaan. Hän jätti hänet ja palasi toimistoonsa.

olin enemmän kuten tyytyväinen .

Mutta hän tiesi ei mitä hän odottaa olisi , kuten hän heräsi seuraavana aamuna . _

hän kysyi itseään , jos hän rankaisisi häntä päivänään _ _ kohtaan kaukana toi oli .

Hän hymyili itsekseen.

Hän oli ihana omassaan luonnollinen jättäminen , ja vaikka sinä joskus päivällä _ kävellä näytti olevan _ jäi .

* * *

Auto odotti heitä, kuten hän oli sanonut.

Kuljettaja oli ystävällinen ja kerran sisällä antoi hänelle laukun paikallisesta ravintolasta.

"Herra Robert pyysi minua tuomaan sinulle syötävää, koska hän teki sinut myöhään harjoituksesta."

Hän hymyili yllätykselle ja hänen poskiaan pitkin valuvalle vaaleanpunaiselle värille, kun hän nosti laukun ja kiitti häntä.

Kotimatka oli hiljainen.

Hän tuijotti häntä peilistä, kun hän tuijotti ulos ikkunasta näkemättä maisemia. Hänen silmänsä olivat poissa ajatuksistaan hänen päiväänsä.

Hän hymyili, kun hänen sormensa koskettivat hänen huuliaan ja ajatteli kaikkea, mitä oli tapahtunut.

Ja mitä tapahtui, hänen suudelmansa viivästyi.

Totuus oli, että hän nautti asioista, jotka hän sai hänet tekemään, asioista, joita hän ei olisi koskaan tehnyt yksin tai poikaystävänsä kanssa.

Hän piti siitä, että hän saattoi teeskennellä olevansa "hyvä tyttö" pakotettuna sen sijaan, että olisi myöntänyt, että jokainen uusi kokemus, jonka hän antoi hänelle, innosti hänen mieltään ja kehoaan.

Mutta kaikista näistä asioista suudelma jäi häneen.

Hänen syvän ja intohimoisen suudelman läheisyys oli ollut hyvin erilaista kuin arvovaltainen ja tyyni tapa, jolla hän oli provosoinut naisen kehoa, tuoden mielihyvää ja kipua, jotka saivat hänet tuntemaan syyllisyyttä ja häpeää, vajavaisuutta ja vajavaisuutta.

Hän tiesi, että se, mitä hän teki orjana, ei ollut oikein, ja tähän iltaan asti hän oli miettinyt, kuinka huono hän voisi olla ennen kuin viikko oli ohi.

Hän kosketti huuliaan uudelleen, mutta jotenkin suudelma ei näyttänyt saavan hänestä niin pahaa oloa.

Hän oli tuntenut rakkautensa ja intohimonsa häntä kohtaan siinä yhdessä suudelmassa.

* * *

hän heitti alas sängylleen ja kierähti ympäri itse ympärillä , kuten sinä yritti kohtaan nukkua .

"Hän varttui tuntien hänet osana perhettään, melkein setänä. Hän rakasti hänen hemmottelevaa, kodikasta vaimoaan ja oli ystävä hänen poikansa kanssa!"

Hän veti peiton pois ja tuijotti täynnä Katossa syyllisyyden ja häpeän tunne .

"Mikä on Kanssa häntä tapahtui ?"

hän voihki pehmeästi kuin hänen kätensä hänen Runko hyväili päivää vielä yhden kerran elänyt läpi , hän vihaa , hänen pelkoaan, häntä pettymys , hän häpeä sinua_ _ halu , sinä tarve , hän kohtaan kaatunut ja lopulta hänen suudelmansa intohimo . _

Hän tuli sinä päivänä ___ _ neljännen kerran ja nukahti kuitenkin a .

* * *

Hän heräsi ja ryömi suihkuun . _ Hänen syyllisyytensä ja häpeän palasivat häneen.

Hän melkein pelkäsi mennä töihin ja saada selville, mitä päivä oli hänelle varannut. Hän tunsi olonsa pahaksi ja mietti hetken, pitäisikö soittaa ja kertoa olevansa sairas, ennen kuin pudisti päätään.

Paniikki jätti hänet, kun hän tuli ulos kylpyhuoneesta, ja hän kirosi hengitystään, kun hän tajusi myöhästävänsä.

Hän pukeutui nopeasti ja juoksi alas portaita lentääkseen ulos ovesta.

Hän juoksi ulos asettuakseen kuljettajansa syliin edellisenä päivänä.

Hän pakkasi sinä , kuten sinä juoksi bussille . _

"Susan"

hän katsoi korkea .

" Rauhoitu tyttö . Herra Robert sai minut lähetetty hakemaan sinut tänä aamuna ."

Hän astui taaksepäin ja avasi oven , joka johti hänet autoon .

hän totteli tottelevaisuus järkyttynyt hänen läsnäolostaan . _

Kiipeäessään hän näki kaksi laatikkoa viereisellä istuimella.

Yksi sisälsi kanelikeksejä hymyillen ja hänen suosikkimehunsa.

Ja yhdessä suurempi laatikko oli yksi huomauttaa hänelle _ ohjattu .

Hän luki:

" Huomenta minun _ Slave Toivottavasti nukuit hyvin _ _ _ ennen , sinuun as ajatella arvokkain aarre , jota kannattaa varoa , mutta se on olemassa edelleen paljon kohtaan opi miellyttämään herraasi _ _ _ _ voi . Olet nuori ja kaunis, sinun ei pitäisi käyttää niitä vanhanaikaisia työvaatteita, jotka äitisi valitsi sinut. Syö nopea aamiainen ja pue puku tästä laatikosta ennen kuin lähdet töihin. Älä välitä kuljettajasta, luota ja tottele. Robert. "

Hän koputti kuljettajan olkapäätä ja kysyi , jos _ _ ne kahvilassa tai _ _ jonnekin Kanssa yksi kylpyhuone lopettaa voisi , mutta hän pudisti päätään.

" Ei . Minua käski tuoda esille ilman _ _ lopeta , neiti."

hän kieltäytyi itse takaisin ja mietin mitä tehdä . _ _

Hän ei halunnut saada rangaistusta heti sisään tullessaan.

Kun hän oli syönyt keksejä ja mehua, hän putosi auton nurkkaan puristaen takkinsa rintaansa vasten vetäessään päällensä laatikosta otetun valkoisen silkkipuseron.

Hänen nännit kovettuivat ja työntyivät pehmeän materiaalin läpi ajatellen kuljettajan katsovan häntä, mutta hän ei halunnut katsoa peiliin tarkistaakseen.

Hän veti tummansinisen laskostetun hameen laatikosta ja kumartui eteenpäin piilottaakseen alastomuutensa.

Hän riisui hameensa ja asetti uuden paikalleen.

Näyttääkseen parhaalta hän oli pukenut ylleen puseron ja laskoshameen yllään olevan puseron ja hameen sijaan.

Hän otti laatikosta pienen takin ja asetti sen viereiselle istuimelle. Hän tarkisti ruudun varmistaakseen, että se oli jo tyhjä.

Hän löysi reidet korkeat valkoiset pitsisukat ja pienemmän kirjeen...

"Pidä hameasi ylhäällä, kun puet sukat jalkaan, niin kuljettaja antaa sinulle viimeisen osan asustasi. Luota ja tottele, pikku orja. Robert."

Hän arveli hämmentyneenä, että hän oli luultavasti nähnyt hänen muuttuvan, joten hän nousi hameeseensa ja veti sukat takaisin paikoilleen kuminauhan venyttäessä hänen reisiään.

Kuljettaja hymyili peiliin ja ojensi hänelle pukuun sopivat tummansiniset korkokengät.

Kanssa punainen kasvot otti hänen kenkänsä_ _ Kanssa yksi lempeä " kiitos " ja laske se alas heidän vaatteet tyhjyyteen _ laatikko .

Hän istuutui, puki kenkänsä jalkaan ja vältti kuljettajan silmiä loppumatkan ajan.

***

Kun hän nousi autosta ja puki pukutakkin päälleen, hän huomasi, että hänen leveät rintansa kehystivät hänen pyöreät tissit ja kaksi alinta nappia vetivät hänet vyötäröltä leventämään hänen pieniä lantiota.

Hän tasoitti lyhyen laskoshameen, joka tuskin peitti hänen sukkahousunsa yläosan, ja kumartui autoa kohti.

Hän ymmärsi, että hänen paljas peppunsa esitettäisiin liian myöhään, hän tarttui vanhojen vaatteiden laatikkoon ja käveli nopeasti rakennukseen välittämättä kuljettajan hymystä.

Hän kiitti häntä matkasta ja hän toivotti hänelle hyvää päivää.

***

Hän saavutti hänen pöytänsä, työnsi laukkunsa ja laatikkonsa hänen alle ja käveli hiljaa hänen toimistoonsa odottamaan, että tämä huomaa, kun hän oli lopettanut puhelun.

Hän hymyili pehmeästi ja osoitti kohtaa pöytänsä edessä.

Hän astui hermostuneena kantapäälleen _ _ sinä jatkoi toimistolle .

_

Hän seisoi edessä häntä , kun hän hänen ympärillään kirjoituspöytä käveli ympäriinsä ja hän hiljaa tarkastettu .

Hänen kätensä liikkui itse edellä heidän reidet ja alaosa heidän lyhyt hame hänelle perse kohtaan pakkaa ja mene puristaa . Hän hymyili , kun _ sinä puri huulta ja sulki _ hengitys tuli .

"No, pikku orjani, olet miellyttänyt minua tottelevaisuudellasi. Tämä on yksi niistä asuista, jotka Alanin orja valitsi sinulle eilen, pidätkö siitä?"

"Voi kyllä, mestari. Kiitos."

Hänen kätensä pitivät naisen kauniita tissejä ja leikkivät hänen nänneillä läpinäkyvän kankaan läpi tehden niistä kovia kuin nuolenpäät.

"Ota takkisi pois."

Katsoessaan hänen ilmeikkäitä silmiään hän kiristi otettaan ja painoi kovia nappeja hänen sormiensa välissä, kun hän veti pois takkinsa.

Hänen hengityksensä takertui, hänen silmänsä laajenivat ja hänestä karkasi huokaus.

" Niin ihana pieni narttu , minun Kuljettaja oli niin vaikuttunut ."

Hänen silmänsä vaelsivat hänen ylitse.

"Minulla oli oikein , voisit olla tässä asussa kuin tuhma koulutyttö hakea ."

Hän otti askeleen taaksepäin , nojasi itse rennosti pöydällä ja sahalla _ , miten _ hän punastui . _

"Riisu orja, kaikki paitsi kengät ja sukat. Haluan sinun pukevan päällesi muita asioita ennen kuin aloitamme päivämme."

Palattuaan hänen luokseen hänen riisuttuaan, hän hyväili varovasti hänen peppuaan ennen kuin löi sitä ja nojautui hänen korvaansa murtamaan:

"Mestari nauttii vaaleanpunaisesta poskipunasta pakaroissasi."

Hän puristi hänen persettä, kunnes tämä voihki, virnisti ja löi häntä uudelleen.

Hän tarttui hänen käsivarteensa, johdatti hänet pöytänsä ympärille ja asetti hänet viereensä, kun hän istui.

"Polvistu, orja."

Hän polvistui hänen katsellessaan häntä.

"Tämä on oikea paikka orjalle ja opit sen hyvin tänään. Kun tulet luokseni, polvistut aina."

"Todellakin"

Hän katsoi, kun hän avasi laatikon ja veti esiin useita kultaketjuja ennen kuin kääntyi takaisin hänen puoleensa.

Hän puhui pehmeästi mutta ankarasti.

"On asioita, joita käytät minulle, jotka eivät ole vaatteita. Laita kätesi niskan taakse ja pidä ne siellä." Hän näki hämmennyksen täyttävän hänen kasvonsa, kun hän siirsi kätensä hänen niskansa taakse ja solmi heidän sormiaan.

Hän tarkasteli kriittisesti hänen asentoaan ja kurkotti kätensä vetääkseen hänen kyynärpäänsä taaksepäin, jolloin tämä kumartui häneen ja työnsi tissiä eteenpäin.

Hän silitti häntä karkeasti ja kiusoitti nännejä uusilla puristeluilla ja puhui uudelleen.

"En vielä vaadi sinua lävistämään näitä, mutta toivon, että ne olisivat kunnolla koristeltu."

Hän valitsi ketjun ja veti sen nänneistä työntämällä ne pienten renkaiden läpi ketjun molemmissa päissä.

Ne olivat tarpeeksi vahvoja pitämään ketjun paikoillaan vahingoittamatta ihoa.

Hän nyökkäsi ketjusta ja löi hänen vasenta tissään, mikä sai tämän voihkimaan ja kyynelehtimään.

Ketjusiteet kiristyvät hänen nänniensä ympärille, kun hänen rintansa turpoutui.

Taputeltuaan tissejä useita kertoja, hän tarttui ketjuun ja veti tiukasti venytellen hänen tissien lihaa ennen kuin ketju irtosi.

Hän voihki, vapisi ja kyyneleet valuivat hänen poskiaan pitkin pistosta.

Hänen häntänsä nykisi, kun hän katsoi häntä.

Hän toisti prosessin, puristaen karkeasti nännejään ja lyömällä rintojaan yrittäessään viittä erilaista ketjua, vetäen jokaista nänneään voimakkain vedoin samalla kun kokeili eri ketjua.

Lopulta hänen valitsemansa kaulakoru oli koristeltu pienillä kelloilla, jotka riippuivat silmukoista, jotka jyrisivät jokaisen hänen iskunsa kanssa.

Nyt hänellä oli kyyneleet silmissä kivusta, kun hän korjasi asentoaan vielä kerran.

Hän työnsi itsensä pois polviltaan kenkillään ja murahti.

"Avaa reidesi pikku narttu, haluan nähdä pillusi loistavan samalla kun nautit kivusta, jonka annan sinulle."

Hänen kasvojensa punoitus vastasi melkein hänen tissejä peittäviä punaisia kädenjälkiä hänen rintansa kohottaessa.

Hän tunsi pillunsa kouristuksen ja hän tippui vielä enemmän hänen sanoistaan.

"Kuinka hän saattoi nauttia siitä?"

Hänen rintansa hakkasi ennen lämpöä ja kipua .

"Sen täytyy olla jotain ei minun kanssani samaa mieltä , se ei ollut normaalia. Ei ollut yhtään lempeä hyväilee tai ahdistunut näyttää välissä niitä . Vain käskyjä , tottelevaisuutta , kipua ja mielihyvää ."

Hänen kauttaaltaan pakeni palata kohtaan kohtaan Edellisen päivän suudelma ja hänen huulensa vapisevat yhdessä Kanssa hänen runko , kuten sinä muistaessaan tunteita , joita heillä on _ tunsi olonsa oli , vapisi

.

Hän työnsi hänen kenkänsä vastaan heidän kusipää , hierottu hänen varvas alla kohtaan nahka hänen päällänsä turvonnut klitoris ja saha , miten _ hänen haukkoa henkeä lihonut ja sinä Runko vapisi mitä tehdä johti sitä pientä _ _ kello onnellinen edellä heidän haavat punastua tissit soitti .

Tunsin lämmön hänen sisällään _ _ Silmät nähdä _ _ heidän lantiota edellä pyöräytti kenkänsä ja hänet _ hierotaan .

Hän jatkoi leikkimistä hänen pillullaan, hieroen kovaa nahkaa hänen turvonneeseen klitoriaan ja tippuvaan reikään.

Hänen ruumiinsa jatkoi aaltoilua heilutellen lantiotaan hänen kenkiään vasten ilokseen.

Hän kulki sormillaan hänen hiustensa läpi, vääntäen niitä, kun hän veti hänen päätään taaksepäin ja kumartui melkein painaakseen huulensa haukkovaa suuhunsa vasten ja kuiskasi ankarasti:

"Tule isäntäsi iloksi, pikku narttu, joka nauttii kivusta. Sinä olet minun."

Hän katseli, kun hän kumartui tiukemmin hänen kenkiään vasten, jännittyen ja vapisten, ennen kuin huusi hänen reidensä ja kengänsä peittäneenä.

"Hän oli niin kaunis polvillaan ennen häntä ."

Hän katsoi hänen omaansa silmät kuin hänen häntänsä _ muuttui tuskallisen kovaksi ja tarttui housuihinsa . _

Hän piti kätensä hänen hiuksissaan ja löi vahvaa otetta silittääkseen häntä, kun tämä rauhoittui.

Hänen vapisevat jalkansa kaareutuivat ja asettivat hänen pohjansa kantapäilleen.

Kun hän toipui juoksemisestaan, hän sanoi hänelle:

" Puhdista kenkäni . Orja " _

Kun hän näki kuinka sinä itse siirsi kätensä tiukasti hänen hiuksiinsa kohtaan nostaessaan hän painoi hänen päänsä alas _ alla .

"Maista kielelläsi, pikku narttu, kuinka söpö olet."

Hän katseli hänen päänsä kumartuneena jaloilleen ihastuksesta ja hymystä.

Hänen nenänsä rypistyi vastenmielisyydestään ja hänen kasvonsa punastuivat kirkkaasti, kun hän nuoli mehuaan kengästään.

Hän piti häntä kenkiään vasten, kunnes oli vakuuttunut, että hän oli valmis.

Hän työnsi hänen jalkansa pois ja piti kättä hänen päällänsä, kun hän nousi kantapäälleen, hänen nänneissään kilisevät kellot suloisesti.

"Olet kiireinen tänään orjana, joten olet nähnyt kiimainen perse narttu sinulla on."

Hän keskeytti hänet lyönnillä peppuun, istui sitten taaksepäin ja katsoi, kun hän nappasi hänen puseronsa hänen nyt koristeltuihin tisseihinsä.

Ketju, joka sai hänen nännit poksahtamaan herkullisesti silkkiä vasten, kellot näkyvät selvästi alla.

Hän katsoi takaisin avoimeen laatikkoon, pussi käyttämättömät ketjut ja tarttui toiseen esineeseen ennen kuin seisoi ja tarkasti sitä, kun hän oli valmis.

Puristaen hänen ketjutetut nännit silkkien väliin, hän veti hänet pöytänsä luo, ennen kuin päästi hänen sormensa irti ja käänsi hänet ylösalaisin ja löi uudelleen persettä.

Hän voihki ja kostutti silmänsä uudelleen, kun hän otti jatkuvan kivun ja lämmön, jolla hän suihkutti häntä tänä aamuna.

Hän vapisi, kun hän selitti, että hän käyttäisi jotain muuta tänä aamuna ja että mitä nopeammin hän suoritti hänelle antamansa tehtävät, sitä nopeammin hän ottaisi ne häneltä.

Hän katseli uteliaana, kun hän kantoi pientä vaaleanpunaista muoviesinettä kasvonsa eteen.

Tämä oli pienen porkkanan muotoinen, mutta hänen uteliaisuutensa korvasi pelko, kun hän selitti, missä hän käyttäisi sitä.

Hän kiemurteli hänen kätensä alla selässään ja painoi hänen jalkansa hänen jalkojaan vasten.

Tunsin hänen kova kukkonsa housuissaan.

Kuvat hänestä hänen hallussaan täyttivät hänen mielensä, kun hänen vahva otensa rentoutui hyväilläkseen häntä lempeämmin.

Hänen äänensä kuiskasi suloisesti hänen korvaansa rauhoittaakseen häntä.

Nähdessään pelon tunkeutuvan hänen silmiinsä hän melkein pysähtyi, mutta hän oli onnistunut niin hyvin tottelevansa mitä halusi tänä aamuna.

Hänen täytyi tietää, ettei häneltä ollut kiellettyä mitään, mitä hän pyytäisi häneltä, joten hän nojautui hänen korvaansa ja kuiskasi:

"Sinä, orjani, käytät tätä, koska olen herrasi ja pidän siitä."

Hänen kätensä asetti lelun pöydälle, kun hän hyväili hänen perseensä pehmeää ihoa.

"Pikku orja, haluatko miellyttää herraasi, eikö niin?"

Hän puhui ja silitteli häntä kuin kamala lemmikki.

Kuiskaa hänen tarpeensa omistaa jokainen osa hänestä, hallita häntä ja omistaa hänet kokonaan.

Hän liikutti kättään, silitti hänen perseensä vaaleanpunaista lihaa ja juoksi sormella hänen pakaroidensa välissä hänen märän pienen pillunsa yli. Hän provosoi häntä silittämällä varovasti hänen pakaroitaan ja voitelemalla hänen mehunsa uudelleen, mutta tällä kertaa hänen pohjan pimeän, vääntyneen reiän yli.

Hän nosti lelun kasvonsa eteen ja kuiskasi:

"Sinä käytät tätä, orja, minulle, herrallesi."

Hän kierteli lelun märän pillunsa päälle, peitti sen hänen cummiinsa ja painoi sen sitten persettä vasten.

Katsoessaan hänen jännittyneenä ja puristuksissaan, hän nosti kätensä naisen selästä ja löi häntä kevyesti selkään.

"Rentoudu pikku orja, luota herraasi."

Hän puristi pientä nastaa kovemmin ja katseli, kuinka hänen anaalirengas venyy hitaasti hänen ympärilleen.

hän tunsi aallot ristiriitaisempia tunteita sinänsä _ nousta .

Koska hän on hänen armo toimitettiin , purra sinä itse huulillaan ja tiesi miten kuuma se oli hänelle .

Hänen lävistävät sormensa lämpenivät heidän herkkä pillua jälleen , kuten sinä tunsi toisen kätensä omallaan _ _ _ perse pelannut .

Hän vapisi kuullessaan hänen kuiskauksensa ja tunsi hänen kovaa kaluaan lantiotaan vasten.

Kun hän otti lelun ja leikki enemmän hänen pillullaan ja persellään, kunnes hän ei kestänyt sitä enää ja hän voihki ja liikutti lantiotaan uudelleen.

Hän tunsi hänen työntävän pistokkeen takaisin perseeseensä ja painavan sitä häntä vasten.

Hän jännittyi ja hän löi häntä.

Hän sulki silmänsä ja hengitti syvään ja mewing on outo tunne saada hänen perse perseestä.

se tuntui tuntuu niin suurelta hänen sisällään , mutta _ sinä tiesi , ettei se ollut niin .

hänen ajatuksensa heilui lämmön välillä _ heidän kostea pillua ja dem ei kuitenkaan niin kipeä _ herättää tuntea häntä kohtaan perse , as itse hänen Anaalirengas pistokkeen ympärillä kiristetty pitääkseen sen paikallaan _ pidä .

Hän murahti katsellessaan pistokkeen katoavan hänelle vinkuvaan tyttöön.

Hän halusi nähdä hänen kasvonsa, kun hän käytti pistoketta, ja hän nosti hänet ylös niin, että hame peitti hänen selkänsä.

Kun hän katsoi häntä märillä silmillä ja hänen poskillaan loisti punastuminen.

Hän löi häntä perseelle ja tarttui pistokkeeseen hänen sormillaan leikkiäkseen sillä katsellessaan tunteiden peittävän hänen kasvonsa.

Hän hymyili hänen pehmeille kasvoilleen, kun hän kumartui suutelemaan hänen vapisevia huulia.

"Teit minut erittäin onnelliseksi tänä aamuna, orjani. Mutta varoitan sinua, että tästä tulee melko pitkä päivä sinulle. Joten jos sinulla on suunnitelmia tälle illalle, sinun on peruutettava. Ajattele anteeksipyyntöä." Hän hymyili hänelle.

"Ja voit kertoa vanhemmillesi, että osallistut liikekumppanien illalliselle kanssani, koska tarvitsen poikkeuksellisia ja ainutlaatuisia taitojasi."

Hän kuuli hänen purevan huuliaan ja punastuessaan, kun hän leikki pistokkeella perseessä ja puristi pilluaan hänen sanoistaan.

"Hän piti hänestä!"

Hän oli hämmästynyt siitä, miltä hänestä tuntuu, kun hänen suudelmansa ilahduttaa häntä.

Hän astui eteenpäin harjatakseen hänen kukkoaan ja tajusi kuinka pahasti hän halusi tuntea sen sisällään lelujen sijaan, joita hän antoi hänen käyttää joka päivä.

Tämän tajuaminen sai hänen poskinsa polttamaan entisestään, ja hänen ajatuksensa matkivat hänen käskevää sävyään:

"Sinä, pikku Susy, olet tullut hänen huoransa."

Hän ei voinut olla iloitsematta saadessaan miellyttää häntä eilisen pettymyksen edessä.

Häpeä ja nöyryytys siitä, kuinka hän miellytti häntä, valtasi hänet hetkeksi.

Hän nosti hänen päänsä hänen leukaansa vasten ja katsoi hänen silmiinsä, näki hänen ristiriitaiset tunteensa, hymyili ja suuteli häntä syvästi.

Hän sulasi jälleen.

***

Istuessaan kömpelösti pöytänsä ääressä hän soitti vanhemmilleen ja kertoi heille, että hän oli menossa työlounaalle, ystävälle, jonka hän luuli tavaavan kahvia töiden jälkeen, ja poikaystävälle, jonka hän oli jo jättänyt viikonlopuksi.

Joten puhelut lopetettiin nopeasti ja hän lähetti pikaviestin isännälleen kertoakseen tästä.

Hän kutsui hänet takaisin toimistoonsa, ja hän meni huoneeseen, sulki oven perässään ja käveli pöytänsä luo ennen kuin polvistui seisomaan hänen eteensä.

Hän tarkasti sen ja sääti asentoaan ennen kuin jatkoi.

Hän kuunteli tarkkaavaisesti, kun hän selitti orjille polvistusasentoa: polvet auki, kädet selän takana, pää hieman kallistettuna häntä kohti, huulet auki.

Hän selitti orjien istuma-asennon, joka oli hyvin samanlainen kuin polvistuminen, mikä antoi hänelle mahdollisuuden levätä polviaan istumalla peppu kantapäällään.

Jos sinua pyydettäisiin näkemään kasvot polvillasi tai seistessäsi, suljet kätesi niskan taakse ja vedät kyynärpäät ja hartiat taaksepäin kuten ennenkin.

Hän pyysi häntä harjoittelemaan tätä ja yhden sanan käskyllä polvistumaan, istumaan tai katsomaan itsensä kasvoille, kun hän kertoi hänelle askareista muina päivinä.

Hänen toimistonsa kokoushuoneessa olisi myöhäinen lounas ystävien kanssa hänen klubistaan.

Tänään ei tarvitsisi kokata tai palvella, mutta muina aikoina se kuuluisi tehtäviisi.

Hän varoitti häntä ankarasti, ettei tämä saa epäröidä totella hänen käskyjään tänään tai että rangaistukset olisivat paljon suurempia kuin mitä hän koki eilen.

Hän vapisi ja kuiskasi:

"Kyllä mestari".

"Sinä luotat minuun, pikku Susy, että kaikista omistamistani omistajista olet arvokkain."

Hän katsoi häntä silmiin ja näki hänen silmänsä levenevän hämmentyneestä.

"Kyllä orja, sinä olet omaisuuttani. Olet kallisarvoinen aarre ja kuulut minulle."

hänen aivonsa huusi hän :

" Viikko Hyväksyin , se oli peliä !"

hänen ajatuksensa kääntyi itse : "Hän muisti itse Ei yhden kerran muistaen hänen hyväksyntänsä viikolle _ kohtaan Ilmaisu toi kohtaan on

. Miten hän suostui siihen? Hän puhui kuin olisi halunnut pitää hänet orjanaan ikuisesti!"

Hänen kasvoillaan näkyi hänen kasvava pelkonsa, ennen kuin hänen suunsa laskeutui hänen suulleen syvään, intohimoiseen suudelmaan.

Hän tunsi hänen kaipauksensa, hänen tarpeensa häntä kohtaan, hänen rakkautensa tuossa suudelmassa ja hän sulautui hänen mieleensä, lakkasi kyselemästä häntä ja muistaen, että hän oli luvannut heidän puhuvan viikon loppuun mennessä.

Hän keskeytti heidän suudelma , ruusu polvilleen missä hän _ _ oli hengästynyt ja kääntyi hänelle_ _ _ työpöytä .

Hän makasi useita Tiedostot hänen reunallaan pöytä , niin sinä sinä henkilökohtaisesti joillekin johtajille _ _ jakaa voisi , ja siinä järjestyksessä , jossa ne sinä järjestetty oli myös _ yksi lista Kanssa eri tehtäviä kokonaisuudessaan _ Yritys , mukaan lukien tarkastelu . valmistamaan ruokaa lounaallesi.

Hän otti kaiken, mitä hän selitti hänelle ja sanoi pehmeästi:

"Kyllä, mestari", kun hän näytti olevan valmis, mutta pysyi paikallaan, kunnes toisin sanottiin.

Hän katsoi kelloaan ja ehdotti:

"Parempi kiirehtiä, pikku orja, koulutus kesti suunniteltua kauemmin ja sinulla on vielä paljon tehtävää ennen kuin vieraani saapuvat."

Hän palasi äkillisesti työhönsä, ja hän polvistui hetken hämmentyneenä ennen kuin nousi ylös, tarttui tiedostoihin ja luetteloon ja palasi pöytänsä ääreen lajittelemaan tehtäviä ja sitä, kuinka niitä olisi parasta lähestyä.

Hän lähetti hänelle pikaviestin, jossa hän ilmoitti lähtevänsä toimistostaan.

"Pidä kiirettä, orja. Sinulla on kaksi tuntia aikaa. Älä viivyttele, sillä joka kymmenes minuutti, jos olet myöhässä, rankaisen sinua."

Hän välähti tämän vastausviestin näytölleen ja kiiruhti pois.

Hän havaitsi, että hänen uudet, keskimääräistä korkeammat korot saivat hänen lantionsa heilumaan enemmän ja laskostettu hame kiertyi ja pomppi joka askeleella.

Hän piti tiedostot rintaansa vasten estääkseen kellojen soimisen.

Hänet melkein lennätettiin keittiöön ja muihin askareisiin ennen kuin luovutti tiedostot suojatakseen itseään mahdollisimman pitkään.

Hän hymyili ja puhui vähän tarkastellessaan keittiöitä ja muita pieniä, helposti suoritettavia tehtäviä. Hän oli edelleen erittäin tietoinen ketjusta ja liittimestä, jota hän käytti hänessä, ja oli huolissaan siitä, että hänen jatkuvasti jalkojensa välissä tuntemansa kuumuus tulisi ilmeiseksi kaikille. henkilö, kaikista, jotka ovat nähneet heidät.

Hän katsoi mielellään kelloaan, kun se kesti, ja lopulta alkoi henkilökohtaisesti luovuttaa tiedostoja ja muistiinpanoja johtajille.

Hän oli tietoinen siitä, kuinka lyhyt hänen hameensa oli ja kuinka ohut toppi oli hänen kahlittujen rintaliivittomien tissiensä päällä, ja hän punastui raivokkaasti, kun tiedoston vastaanottajien silmät pyyhkäisivät hänen ylitse tai viipyivät hänen päällänsä liian kauan.

Hän yritti pitää tiedostot teipattuina rintaansa, mutta suurimman osan ajasta he pyysivät häntä laittamaan ne pöydälle ja odottamaan, kun he tarkistavat, mitä hän oli tuonut.

* * *

Huolimatta siitä, että hän piti silmällä kelloaan, hän tajusi, että hän olisi jo myöhässä palaamassa pöytänsä ääreen saapuessaan viimeiseen tehtäväänsä Alan Clarksonin toimistossa.

Kun Susan näki Annen pöytänsä ääressä hymyilevän hänelle, hän punastui ja astui lähemmäs.

"Kiitos kauniista asusta, Anne. Se sopii Täydellinen minulle ." Susan melkein kuiskasi.

Anne naurahti iloisesti.

"Näen, kuinka hyvin se sopii sinulle! Voi kulta, minusta se on upea, vaikka kuvittelinkin, että se sopisi sinulle erittäin hyvin. Kerron mestarille, että olet täällä, että hänkin haluaa nähdä!"

"Minulla on tiedosto hänelle."

hän huudahti järkyttyneenä tajuten, että Anne oli myös orja.

Susan katsoi häntä kriittisemmin silmin ja huomasi kuinka hän oli pukeutunut.

"Hienoa. Teemme siis kaksi asiaa yhdellä käynnillä", hän vilkutti ja nauroi jälleen kirjoittaessaan pikaviestiä näytölle ja odottaessaan vastausta.

Hän nauroi hänen vastaukselleen ja selitti, että hän piti kahden maalin analogiasta.

Hän astui ulos pöytänsä takaa ja tarttui Susanin käsivarteen, kun hän johti hänet Alan Clarksonin toimistoon.

Alan tuli ulos pöytänsä takaa.

"Anna minulle tiedosto ja anna minun katsoa sinua , Susan, kulta."

Hän katsoi häntä kuin nälkäistä susia, joka kurottaa arkistoa.

Hän punastui syvästi ja ojensi hänelle tiedoston.

Hän antoi "hmm" äänen ja kiersi häntä.

"Näytä itsellesi pieni Susan."

Hänen silmänsä laajenivat ja hän katsoi hänen kasvojaan vitsillä, mutta ei nähnyt sitä, joten hän laajensi asentoaan ja nosti kätensä hänen niskaan.

"Ooh kelloja, kuinka mukavaa. Tiesin, että hän halusi "kelloja Susanilleen".

Hän nauroi ääneen ja löi Annea perseeseen sanoen:

"En kertonut sinulle!"

Koska hän ei tiennyt mitä tehdä eikä halunnut näyttää tottelemattomalta, hän jähmettyi, ennen kuin tämä Mestari palasi ottamaan hänen paikkansa katsellessaan häntä.

"Hyppää Susan, haluan kellot kuule ."

Hän hyppäsi ja hän heilutti kättään jatkaakseen.

Hän yritti, mutta hänen hyppynsä olivat pieniä, kun hän heilui kantapäällään ja nypistyi hameen noustessa ja laskeessa paljastaen hänen alastomuutensa alta.

Se melkein putosi hetkessä, kunnes hän ojensi kätensä. ja tarttui hänen käteensä tukeakseen häntä.

"Kiitos, herra Clarkson." Hän huokaisi.

"Tiedätkö Susanin, sinulla on värikkäimmät leikkisät rinnat, joita olen nähnyt pitkään aikaan. Sinun pitäisi harkita nännesi lävistämistä. Rinnasi näyttäisivät herrasi silmissä vieläkin maistuvammilta ja vastustamattomilta." Alan sanoi hyvin vakavasti tutkiessaan häntä.

Hän kalpeutui, kun hän puhui.

Hänen on täytynyt nähdä hänen katseensa, kun hän kääntyi nopeasti Annen puoleen.

"Ota paitasi pois, jotta Susan näkee sinun."

Hän kääntyi Susaniin.

"Hän teki ne pian yritykseen liittymisen jälkeen."

Susan katsoi blondia naista, joka ei voinut kohdata Alania, kun hän punastui entisestään.

Annella oli rintaliivit, jotka eivät peittäneet hänen suuria rintojaan, vaan tukivat niitä kuin hylly.

Hänen rintojaan koristavat leveät ja pitkät kultaiset korvakorut, jotka riippuivat nänneistä.

Susan jähmettyi, kunnes Alan tarttui sormensa vasempaan renkaaseen ja nosti sen, pakottaen hänen rintakehänsä laajenemaan kartiomaiseksi, mikä sai Annen voihkimaan kurkkuisesti.

Alan nuoli hänen huuliaan ja hymyili.

"Hän on vain kaunis, eikö hän Susan?"

"Kyllä, herra Clarkson."

– Vastustamatonta, kuten sanoin, mutta meidän kaikkien on tehtävä töitä ennen kuin voimme pelata. Hän hymyili tarttuvana hänelle ja vilkutti hänelle: "Sinun on parempi juosta työpöytäsi luokse, Susan, herrasi odottaa sinua, olen varma. Kerro hänelle, että katson tiedostoa ennen lounasta tänään. Nähdään siellä. "

Hän naurahti ja lähetti hänet takaisin pitäen edelleen kiinni vinkuvasta Annesta kultasormuksesta.

"Kyllä, herra Clarkson", Susan sanoi, kääntyi ja melkein juoksi ulos toimistosta. Hän sulki hiljaa oven perässään.

Hän hengitti syvään rauhoittuakseen ja kiiruhti takaisin Mestarinsa toimistoon.

Matkalla takaisin pöytänsä luo hän ei halunnut pysähtyä tai puhua kenellekään. Hän käveli pää alaspäin, piilotti punastuneensa ja kumartui eteenpäin yrittääkseen naamioida jylisevät tissinsä.

Hän saapui pöytänsä luo ennätysajassa ja lähetti hänelle pikaviestin ilmoittaakseen palaavansa.

RANGAISTUSHUONE

Hän soitti hänelle välittömästi.

Hän astui toimistoonsa ja kaatui polvilleen aivan oven ulkopuolella.

Hän nousi ylös ja lähestyi häntä huoneen sisäänkäynnin luona. Hän haukkui:

"Seuraa minua. Olet myöhässä."

Hän hyppäsi ylös ja juoksi hänen takanaan viereiseen huoneeseen, vain muutaman askeleen hänen takanaan.

Tässä huoneessa oli outo sisustus.

hän kääntyi katso ympärillesi

" Riisuudu , mutta _ _ piirtää sinun Sukat jalassa ."

Hän seurasi sitä nopeasti hänen käskynsä kutsu , totteli häntä ilman ajattelemaan , jäi alasti ja vapisee kellojen soidessa _ _ heidän tissit soitti .

Hänen huomio keskittynyt häneen nimellä _ _ _ sinä näin hänet yhden _ _ Laatikko avattu ja sisään valkoinen korsetti vedetty ulos .

Astuessaan hänen taakseen hän kietoi korsetin hänen vartalonsa ympärille ja alkoi sitoa sitä tiukasti hänen vyötärön ympärille.

Kuppien käänteet seurasivat hänen leikkisä tissiään ja päättyivät juuri hänen nännensä alle.

Pienet, kovat, kahlitut vaaleanpunaiset silmut kohosivat kultaketjun ja kellojen yläpuolella, lisäten omaa omaisuuttaan hänen valituksiinsa.

Sillä välin hän katsoi edelleen näkemättä seinää ja keskittyi sitten käsiinsä. Hän arvosti korsetin tuntua, jolla hän sitoi häntä.

Hän löi persettä, kun hän oli valmis.

Hän kiljui enemmän yllätyksestä kuin kivusta, kun hän nosti hänet ylös kuin nuken, heitti ja kiinnitti hänet pehmustettuun palkkiin, joka oli osa huoneen outoa huonekalua.

Hän oli pitkä ja roikkui jaloistaan. Hän potkaisi palkkia saadakseen tasapainonsa takaisin, kun hän löi takapuolta uudelleen.

Hän käveli pois ja kysyi häneltä vähän.

"Mikä sinulta kesti niin kauan, pikku orja? Hukkaan aikaa, että kaikki johtajat näkivät, kuinka mahtava huora olet uusien vaatteiden ja asusteiden kanssa?"

Hän voihki ja punastui entisestään.

Hänen kasvot tuli helakanpunainen kun käsi hänen _ peppu painettu tuli .

Hän tunsi hänen liikkuvan ja harjaavan häntä vasten, kun hänen sormensa levittivät hänen pakaraan ja haputeli häntä.

Hän katsoi häntä olkapäänsä yli, kun hän katsoi hänen persettä ja punastui vielä enemmän, hänen nöyryytyksensä siitä, että hän ei miellyttänyt häntä, ja haavoittuvaa asemaa, jossa hän sai hänet taipumaan sanoihinsa.

Hänen hengitys oli vaikeaa tiukan korsetin takia, joten hän alkoi haukkoa ja voihkia.

Hänen kätensä jakoivat naisen pakarat ja hän katsoi itsepäinen lelua, kun tämä vapisi ja hänen perse puristi sitä.

Hän juoksi kätensä hänen sileän ihonsa yli nauttien siitä tosiasiasta, että hän oli hänen hallitessaan ja nauttia halutessaan.

Hän katseli hänen kiiltävää märkää pillua samalla kun hänen sormensa leikkivät tulpalla, hän murisi:

"Näen, että nautit sen käyttämisestä minulle, sinä pikku lutka."

Hän puhui terävällä äänellä, kun hän kiristi tulppaa hieman niin, että hänen peräaukkonsa venyi hitaasti hänen silmiensä eteen.

Hän voihki melkein hengästynyt.

"Kyllä mestari".

Hän hymyili nauttien tuon täydellisen pienen kehon näkymistä ja äänestä.

Hänen itkumusiikkinsa korvilleen, kun hän irrotti sen pistorasiasta, katsellen hitaasti hänen peräaukon rengasta avautuvan ja hitaasti supistuvan kuin tiukka tumma tähti.

Hän kiusoitteli häntä uudelleen sormellaan:

"Jokainen osa sinusta kuuluu minulle, pikku orja! Mikään ei ole kiellettyä herrallesi."

Hänen sormensa työntyi hänen sisäänsä ja kuuli hänen huutavan vastauksena hänelle.

Hän tunsi hänen nälkäänsä olevan tuskin hallinnassa, joten hän veti kätensä pois ja käveli pois naisen murinasta:

"Ymmärräthän, että minun täytyy rankaista sinua myöhästymisestä nyt, eikö niin?"

"Todellakin."

Hän tunsi piston pehmusteessaan, ei niin paha kuin eilen, mutta tarpeeksi saada hänet haukkumaan ja menettämään tasapainonsa uudelleen keinuessaan ja keinuessaan.

Hän tunsi maailman, pistely paloi hänen lihassaan ja hän alkoi lausua anteeksipyyntöjä ja tekosyitä.

Hän hiljensi hänet toisella piiskalla.

Jatka samalla kun hänen sormensa juoksivat kahden putken yli.

"Olet varmaan hukannut aikaasi, koska olit 45 minuuttia myöhässä."

Ruoska osui häneen vielä kahdesti peräkkäin, ja hän kiljui ja nykisi palkin päällä.

"Ja ylimääräisille viisi minuuttia ..."

piiska _ osui lujasti hänen päälleen reidet .

hän voihki Kanssa kyyneleet sinä _ kasvot hämärtynyt , kuten lävistyksiä welts palaa kipu edellä heidän Runko säteili .

Hän voisi katso miten _ heidän pillua ennen kosteus kimalteli , joten hän ruoski ruoskaa välissä heidän jalat ja hieroi tasaista _ nahkainen kärki edellä heidän clit .

Hän huokaisi ja vapisi.

Hän jatkoi leikkimistä hänen kanssaan painaen sormea hänen perseeseensä, kun tämä vapisi ja voihki, hänen lantionsa painuivat hänen turvonneeseen klittiinsä hänen kätensä ja ruoskan välissä.

Hän alkoi pumpata vahvinta sormeaan häneen ja lisäsi toisen sormen, kun tämä vastusti ja nautti hädässä.

Hän tuli räjähdysmäisesti ja melkein putosi säteeltä, mutta hänen kätensä kaivoi hänen perseeseensä.

"Millainen tuhma narttu sinä olet? Mitä pidät kivusta?"

Hän veti sormensa pois hänestä nähdessään hänen ruumiinsa nykivän kouristuksia.

"Sinun täytyy odottaa, että herrasi kertoo sinulle, milloin voit tulla, orja."

piiska _ porattu itse edelleen kerran hänessä _ liha ja hän huusi .

"Ymmärrätkö minua, orja?"

"Todellakin."

Hän ulvoi, kun ruoska aiheutti jälleen erittäin polttavan kivun hänen reisiinsä.

Hän tunsi enemmän kuin näki pienen joustavan kangasnauhan, jonka hän veti ylös hänen jalkojaan ja kietoi hänen vyötärön ympärille ennen kuin veti hänet irti palkista ja nosti hänet epävakaille jaloille.

Hän katsoi alas, materiaalikaistale oli tarpeeksi leveä peittämään hänen sukupuolensa ja aluksi hän ajatteli, että se voisi olla kuin vyö.

"Näytä orja", hän sanoi asettaessaan kätensä vyötärölleen, leventäen ja säätäen reisiensä ja perseensä asentoa jokaisella liikkeellä.

Hän tajusi nyt, että se oli jonkinlainen hame.

Hän meni vaatekaappiin, otti esiin valkoiset korkokengät ja asetti ne jalkoihinsa puettavaksi.

Hän kiersi häntä ja juoksi sormillaan punareunaisia linjoja pitkin, jotka näkyivät hänen värikkään hameensa alla.

"Sinulla on vieläkin koskaan nähnyt tällaista Miten nyt , Susie."

Hän kumartui alas ja suuteli kyyneljälkiä hänen edelleen vetisten silmien alla ja puhui pehmeästi.

"Mmm, pikku narttu, rakastan nähdä sinun peloissasi, mutta odotamme vieraita, joten mene omaan kylpyhuoneeseen toisessa oikealla olevassa ovessa. Sieltä löydät tavalliset meikkimerkkisi. Korjaa kasvosi ja Hänen hiukset."

Hän ojensi hänelle kultapäällysteisen nauhan.

" Laita tämä nauha. Ei hajuvettä . Ja mene takaisin_ _ kohtaan minun työpöytä ."

Hän meni kylpyhuoneeseen ja seisoi täyspitkän peilin edessä.

" Kuka On heillä ?" on ajattelin . " Entä ' hyvää _ tyttö tapahtuu hänelle _ _ hänen koko elämäsi ? _ Kuinka hän oli huora tulla kuka hän nähnyt peilistä ? "

hän muutti ja kiemurteli , kuten _ sinä huomautti , että hame oli hänen pillua tai heidän perse ollenkaan Ei peitetty , mutta heidän welts ja hänen seisomassa kiihottumisen tila korosti .

Se on peliä, hän ajatteli tietäen mielessään, että se oli paljon enemmän kuin peliä ja että hän voi odottaa vain viikon loppuun.

"Mitä sitten tapahtuisi viikon lopussa?"

Hänen hiljaiset kysymyksensä pysähtyivät, kun hän pohti tätä kysymystä.

"Hengitä", hän sanoi itselleen, "hengitä vain ja tottele."

Irrottautuessaan jatkuvista kysymyksistään hän levitti meikkiä kasvoilleen.

Hän sitoi aaltoilevat hiuksensa tiukkaan poninhäntään ja palasi täyspitkän peilin luo.

" Hengitä , hengitä vain ja tottele ." Hän toisti itseään .

hän heitti a kestää Näytä sen päällä ja hengitti hitaasti . hän palasi kohtaan häntä takaisin , meni hänen kirjoituspöytä ja polvistui ennen hän , kuten hän _ opettanut oli ollut .

Hän näki , miten _ sinä hänen pyöristetyillä poskillaan _ _ perse meni herkullisesti paljastettu olivat . Welts _ näytti itse punainen ja vihainen kun sinä huolellisesti hänen päällänsä korkokengät meni ja hänen lantiota Miten yksi huora heilui kohti _ ilo oli valmis .

"Se on minun", hän sanoi itselleen melkein epäuskoisena.

Hänen harjoittelunsa oli edistynyt niin hyvin tällä viikolla; paremmin kuin hän olisi toivonut.

Jokainen hänen asettamansa este vaikutti suhteellisen helposti voitettavalta.

Jatkuvasti huolissaan siitä, että hän ylittää ylinopeutta, hän melkein juoksi karkuun eilen ja näki pelkoa silmissään tänä aamuna, mutta lopulta hän totteli aina.

Hänen Lähetys tehtiin yhdistelmällä _ _ hänen määräilevä isän ja hänen rakastettava äiti melkein sisällään _ kohtaan Kieli toi ollut .

Hän oli halunnut häntä niin kauan.

Hänen eroottisen kivunhimonsa löytäminen vain lisäsi hänen haluansa hallita häntä.

Hän ei halunnut päästää häntä menemään viikon lopussa, vaikka hän tiesi voivansa kiristää tai pakottaa hänet jäämään orjaksi, hän tiesi, ettei tällainen suhde koskaan täyttäisi hänen toiveitaan.

Hän tarvitsi luottamusta ja keskinäistä rakkautta saadakseen hänet haluamaan valta-asemaansa, kuten hän halusi hänen täydellistä alistumistaan.

Hän tuijotti häntä pitkään, kun tämä polvistui hänen edessään.

Hän oli työskennellyt kovasti päästäkseen tähän pisteeseen elämässään.

Hänellä oli oma yritys ja klubi, jotka ruokkivat hänen synkimpiä halujaan hallita ja hallita kaikkea elämässään.

Hänellä oli vaimo, perhe ja koti, jota monet kadehtivat, mutta mikään niistä ei riittänyt.

Hänellä saattoi olla mikä tahansa orja yrityksessä tai seurassa, ja hän oli kantanut monia heistä silloin tällöin.

Mutta hän oli etsinyt jotakuta, jonka voisi omistaa ja rakastaa samaan aikaan, jotain, mikä oli aina välttynyt häneltä.

Hän katsoi hänen vaaleanvihreisiin silmiin.

Susan oli erilainen , hänen toiveensa oli se sinä paljon lisää kuten a Runko onko hän _ jälkeen tahdosta käyttöä ja väärinkäyttöä voi .

Halusin pikkuisen _ _ tyttö omistaa , hallita ja vaalia , hallitsee hänen ja hänen elämänsä jokaista osaa näytä miten_ _ syvästi yhden rakkautta orjia ja yksi mestarit voivat olla .

Kuinka erilaista kuten aviomies ja vaimo tai rakastaja , mutta se oli paljon syvemmälle ja luottavaisemmaksi .

Hän otti a valkoinen hänen samettinauhansa _ kirjoituspöytä ja taivutettu itse ennen häntä _ syvä kohtaan suudella .

Kun hän laittoi ilmastointiteipin kaulaansa.

Hän hyppäsi, kun hän kuuli klipin sulkevan hänet kuin tiukka choker.

Hänen kätensä jatkoivat hänen hyväilyään suudelman keston ajan.

Hän silitti hänen olkapäitään ja liikkui hänen rintansa poikki puristaakseen kovia pieniä silmuja, jotka ravistelivat häntä kuullakseen kellojen äänen ja hänen valituksensa suudelmassaan.

Hän katkaisi suudelman ja nousi seisomaan vetäen naisen nännejä lähemmäs itseään.

"Vieramme saapuvat pian, pikku orjani."

Hän ohjasi hänet kokoushuoneeseen ja työnsi hänet eteensä, hän sanoi vain:

"Mene tuonne."

Hän katseli häntä, kun tämä puri huultansa ja katsoi tuolien määrää.

Hän meni soikean pöydän pään luo ja polvistui lattialle tuolin viereen.

"Erittäin hyvä, pikku orjani, mitä hyvää opit tänään?"

KOKOUS MESTAREIDEN KANSSA

Keittiön henkilökunta oli saapunut ruuan kanssa ja oli ahkerassa pienessä keittiössä valmistelemassa juhlan viimeisiä yksityiskohtia.

Sillä välin hänen isäntänsä otti suuren tuolin ja osoitti istuvansa hänen vieressään osoittaen paikkaa lattialla.

Hän säpsähti astuessaan hänen paikalleen ja kuunteli hänen puhuvan hänelle pehmeästi:

"Tänään tulevat miehet ovat eräitä vanhimmista ystävistäni. He ovat myös isäntiä ja tuovat orjansa mukaansa."

Hän katseli häntä, kun tämä otti hänen sanansa ja jatkoi sitten:

"Sinä tottelet niitä niin kuin tottelet minua. Mutta en anna sen satuttaa sinua, pikku Susy."

Hän puri huultaan, jaloissa koristaa hänen takaosaa, ja hänen jaloissaan sykkivät edelleen todisteet siitä, mitä tapahtuisi, jos hän epäonnistuisi.

Hän katsoi ylös, kun hän vaikeni ja katsoi hänen silmiinsä ja kuiskasi:

"Kun rakastan".

Hän aikoi kysyä hieman lisää vieraistaan, kun toimistoon astui mies, joka piti tyttöä hihnassa.

Hän hymyili lämpimästi, ojensi kätensä , tarttui Robertsiin ja ravisteli häntä tiukasti.

"Olemmeko ensimmäiset saapuvat?"

" Itse asiassa Steve, se on oikein . Iloitkaa katso ." Hän näki jälkeen alla ja kysyi : "Ja miten oletko sinä _ tänään , Shaky?"

Susan oli yllättynyt , kun tyttö Kanssa " hiip " vastasi , kuten melu yksi pieni koira ja itsesi kiemurteli kun hän taputti hänen päätään . _

Susan katsoi tarkemmin, kun hän huomasi, että hänellä oli yllään punainen nahkainen kaulakoru, jonka edessä oli sana "narttu".

Susan ihaili orjan pitsipukua, kun hän kuuli hänen nimensä, ja katsoi punastuneena ylös, kun toinen isäntä tervehti häntä.

"Hauska tavata, sir", hän lausui vinkuvalla äänellä, punastuen entisestään ja tietoisena siitä, kuinka paljastui hänestä tuntui.

Hänen huomionsa palasi oveen, kun hän kuuli Alan Clarksonin kovan naurun astuvan sisään miehen kanssa, joka oli identtinen häntä juuri tervehtineen miehen kanssa.

Susan katsoi yhdeltä toiselle ja käänsi päätään katsellessaan kaksosmestareita.

Hämmästyneenä hän kesti hetken tajuta, että hoikka tyttö oli edelleen hiljaa nauravan Amosparin takana.

Se, joka tuli Alanin kanssa, oli mestari John, Steven kaksoisveli, jota seurasi hoikka tyttö, hänen orjansa Samantha.

Tietysti hän oli myös Annen takana, joka hymyili ja iski hänelle.

Ryhmän kaksi viimeistä jäsentä saapuivat tyttöjensä kanssa muutamassa minuutissa.

Susan istui hiljaa yrittäen olla kiinnittämättä huomiota, kun miehet tervehtivät toisiaan ja tyttöjä.

Hän kumarsi päänsä ja hymyili, kun häntä tervehdittiin, luottamatta kiihkeään ääneen, joka oli tervehtinyt ensimmäistä Mestaria.

Joten hän oli hiljaa hermostuneisuudessaan.

He kaikki muuttivat kokoushuoneeseen, jonka lahjakas keittiöhenkilökunta piti vanhanaikaisena ruokasalina.

Susan tutki viimeisiä vieraita.

Mestari Barry oli pitkä mies, joka oli pukeutunut rennommin kuin muut mestarit, yllään farkut ja takki, joka näytti oudolta toisin kuin muiden mestareiden hienosti räätälöityjä pukuja.

Häntä seurasi Cinthia, pitkä blondi, jolla oli urheilullinen vartalo ja jonka lihakset näyttivät aaltoilevan joka liikkeessä.

Viimeinen pariskunta oli mestari James, vanhempi herrasmies kirkkaansinisillä silmillä, ja hänen jälkeensä Amy, pullea tyttö, jolla oli pieni suu, joka sai hänet näyttämään amorinkeliltä.

Kaikki tytöt, kuten he, istuivat mestariensa tuolien viereen, kun tarjoilijat astuivat sisään viinin ja ruoan kanssa ensimmäiselle ruokalajille.

Hänen isäntänsä käsi ruokki hänelle pieniä purevia lautaselta ja hän maisteli runsaan ruoan makua.

Hän katseli muita tyttöjä, kun mestarit keskustelivat liiketoiminnasta ja yhteisistä ystävistä.

Anne nojasi kädet isäntänsä jalan ympärille, Shaky näytti käpertyneen jaloilleen, Amy nojasi päänsä isäntänsä reidelle ja Cinthia näytti melkein ravistelevan poninhäntäänsä pienillä päänsä liikkeillä.

Anne kiinnitti hänen katseensa ja vilkutti hänelle.

" Me tarvita tässä yksi Palvelukello , Robert, missä olet ne tarjoilijat ?" Mestari James valitti itseään .

" Ehkä voisi me ravista Susania sen sijaan " , nauroi Alan.

Vanhojen mestareiden silmät loistivat _ _ näköpiirissä ja rypisti kulmiaan _ sitten otsa . _

" Niin pieni tyttö epäilen , että se riittää _ _ _ _ Melu tehdä voi ."

Robert nauroi hyväluonteinen .

Kuunteletko koskaan itseäsi _ _ valittaa Jamesille ? "

"Voisin tehdä sen, jos ravistaisit pientä tyttöäsi."

Susan katseli, kun hänen isäntänsä kurkotti alas ja veti ketjun hänen nänniensä väliin, ravistellen niitä ja soittaen kelloja suloisesti.

"Luulen, että olit oikeassa James, se ei tee paljon melua."

Tämän sanottuaan hänen kätensä törmäsi hänen oikeaan tissään välähdellen, mikä sai hänet huutamaan yllätyksestä kuin tuskasta.

"Oliko se parempi ?"

"Se tuskin oli lisää kuten a huutaa ."

James hymyili ja hänen siniset silmänsä loistivat häntä.

Ikään kuin vastauksena niin kutsuttuun vinkumiseen, tarjoilijat ilmestyivät, poistivat lautaset ja korvasivat ne runsaammalla ruoalla.

Mestarit palasivat liiketoimintaan, kun taas Susan palasi tyttöjen opiskeluun.

Hän pohti, halusivatko he olla orjia vai olivatko he hänen tavoin loukussa tähän tilanteeseen.

Mutta oliko hän loukussa?

Ehkä aluksi, mutta nyt hän ei ollut täysin varma.

Ehkä hän alkoi pitää siitä enemmän kuin mistään muusta.

Hän katsoi jälleen ryhmän ympärilleen ja pudisti päätään.

Se tuskin tuntui todelliselta.

Normaalia istua alas ja ottaa pieniä puruja Mestarin lautaselta kädelläsi, ikään kuin sitä tapahtuisi joka päivä.

Ehkä hän oli niin mukana tässä pelissä sinä heidän orjuutta Ei lisää kuten huono katsoi ?

Hänen ajatuksensa pyörivät hänen päässään, kun hän kuuliaisesti avasi ja sulki suunsa ottaakseen toisen pureman.

Hän pohti, olivatko tytön kiintymykset osa hänen omaa persoonallisuuttaan vai olivatko ne muovattu hänen isäntänsä tahdosta.

Ja hän myös ihmetteli, kuinka nuo tytöt on täytynyt katsoa häntä ikuisella punastumisellaan ja naivismillaan.

Voitko kertoa, ettei hän ollut oikea orja?

Omiin ajatuksiinsa vaipuneena hän ei ollut kuunnellut Lordien keskusteluja ja oli yllättynyt, kun muut Lordit nousivat ylös ja lähtivät huoneesta jättäen tytöt rauhaan.

Hän katsoi herraansa uteliaana, kun hänkin nousi seisomaan.

Hän kurkotti alas ja silitti varovasti hänen hiuksiaan.

"Tulen pian takaisin, pikkuinen."

Hän nyökkäsi hieman ja katsoi heidän peräänsä.

Heti kun ovi sulkeutui, pullea Amy nousi seisomaan ja tutki pöytää ennen kuin liukastui isäntänsä tyhjälle istuimelle ja kohotti lähes täyden viinilasinsa pienille huulilleen.

Samantha pyöräytti silmiään.

"Olet kakara Amy, sinun on parempi, ettet anna heidän napata sinua siellä."

"Pidä tauko Samantha, et ole vanhin tyttö täällä." Shaky sanoi: "Amy on aina kakara, joka ei muutu, ja meidän täytyy pitää hauskaa uuden tytön kanssa." Hän hymyili hampaasti Susanin suuntaan. "Sinun täytyy kertoa meille kauniille Susanille, kuinka sait kiinni käsittämättömän mestari Robertin."

Hän oli ryöminyt lähemmäs häntä ja makasi vatsallaan kädet leukallaan odottaessaan vastausta.

Kuinka hän saattoi kertoa näille tytöille jääneensä kiinni?

Että hän ei tiennyt mitään orjuudesta ja että tämä oli alkanut hänelle pelinä.

Susanin mieli kiihtyi ja hän punastui syvästi, kun tytöt tuijottivat häntä odottaen vastausta.

Samantha pelasti hänet:

"En usko, että Susanilla oli aavistustakaan tästä, kulta."

Susan pudisti päätään ja laski silmänsä.

Ja Samantha jatkoi salaliiton kuiskausta muille:

"Olin ennen Tämä Viikko edelleen ei milloinkaan a orja ollut ." Hän kääntyi Susanille ja antoi hänen a rauhoittava hymyillä . "Onko sinä ei huolet , rakas, nämä tyttö tahtoa Todella ei mitään hauskaa Kanssa sinulle on . Jätämme sen mestareille." Hän nauroi.

"Ei mitenkään! Onko se totta ?" Shaky katsoi Susania _ innokkaampi uteliaisuus .

Amy lähestyi itse myös : "No, no, a söpö viaton tyttö , joka ajatteli olisi ollut yllättynyt siitä, että tämä oli se , mitä mestari Robert etsi maku kohtaan tietää ."

Susan kokeili omaansa _ oma yllätys kohtaan välttää kun _ sinä edellä sinä puhui , mutta sinä tunsi poskipunan lämmön täyttävän poskiaan . _

_ _ _

Amy jatkoi: "Isäntäsi ei ole koskaan ottanut orjaa omakseen. Luuletko , että hän pitää sinut ?"

Susan näki Kanssa valtava silmät ja huusi :

"Pitää minut?" Hän pudisti päätään. "Luulin, että siitä tulee hauska peli, mutta nyt kaikki on hämärää päässäni. Kun olette täällä, se näyttää maailman normaalimmalta, mutta en oikeastaan tiedä mitä teen suurimman osan ajasta. aika."

"Oi, ole hiljaa kulta, kaikki on hyvin." Samantha sanoi silmänräpäyksessä: "Olen seurannut sinua koko viikon ja näytät upeammalta joka päivä."

Shaky hymyili. "Olet todella aloittelija, ei! No, jos hän antaa sinun tavata kaikki mestarimme, hän aikoo pitää sinut mukana jonkin aikaa." Shaky nuoli Susanin poskea ja sai tämän nauramaan. "Ja olisi kiva saada uusi leikkikaveri, etkö pidä Samanthaa?"

Amy näki alas pöydältä ja puristi huuliaan :

"Klubilla on monia orjia, jotka kärsivät siitä, että he käyttävät mestari Robertin kaulakorua. Jos hän päättää jäädä luoksesi, meidän pitäisi voida kuulla kaikkien ulvovat huudot." Hän nauroi, taputti käsiään ja otti toisen kulauksen Mestarinsa viiniä. "Haluaisin nähdä joidenkin heidän kasvonsa, kun he saavat tietää."

" Ajattelen mitä tytöt tarkoittaa , että se näyttää _ _ _ _ aikooko mestari Robert liittyä joukkoonne itse kohtaan pidä ." Anne pysähtyi nähdessään pelon Susanin silmissä. "Pidät olla hänen orjansa, eikö niin?"

Susan hämmästyi kysymyksestä.

Hän haluaa?

hän puri alas huulelle, kuten sinä siitä ajattelin .

hänellä oli itse sanoi että_ _ sinä a hyvä tyttö oli se orjuutta pakko oli , mutta Miten voisi hän että tämä tyttö sanoa ?

Halusin kysyä, kuinka heistä tuli orjia.

Oliko heillä mahdollisuus päättää, suostuivatko he...? "

Cinthia heilutti poninhäntäänsä, tuhahti hieman ja pudisti päätään.

Amy liukui lattialle ja osoitti sormellaan Cinthiaa ja kuiskasi:

"Minä tiedän ei miten hän sen tekee !"

Hetken kuluttua _ avattu ovi ja tarjoilijat tulivat tyhjentämään pöytää . _

Jokainen tyttö seisoi hiljaa _ in Huone , kun tarjoilijat nopeasti sitä toiminut , pöytä hedelmiä ja juustoa kohtaan täytä ja sinä rauhallinen taas_ _ anna .

Taas kaikki muut näkivät Tytöt Susan ja odotti aina vielä yksi_ _ vastata .

"Minä tiedän ei mitä teen , saati koska mitä minä haluan", sanoi Susan surullisesti . "Se on eri kuten kaikki minä koskaan ennen kokenut on . Hänen kaikki näyttävät niin mukavilta , um . Normaalia!" Cinthia tuhahti ja kohotti yhden kulmakarvat . " No , tiedät mitä tarkoitan normaalille stereotyyppiselle maailmalle _ yksi Seksiorjat ..." hän etsi jälkeen kohtaan oikea sana.

Hän luovutti ja kohautti olkiaan .

"Voi okei nukke", Anne puolusti häntä. "Tiedämme stereotypian, mutta pidä silmäsi ja mielesi avoinna kaikelle, mitä näet ja kuulet, niin ymmärrät, ettei tässä koko maailmassa ole mitään normaalia. Ajattele seksiä jäätelönä, kun kaikki vaniljat pitävät siitä, kuinka tylsä maailma se olisi. "

Amy pyöräytti silmiään ja nyökkäsi Susanille.

"Jäätelö on vanha tahmea analogia, mutta se toimii. Ihmiset pitävät erilaisista asioista, ruoasta, autoista, vaatteista ja seksistä. Sanoisin, että sinun on päätettävä itse, mutta mielestäni se päätös on jo tehty puolestasi."

Susan puri huulta ja aikoi protestoida, että hänellä oli vielä päivä tehdä päätöksensä, mutta hänen varhaisvaroitusjärjestelmänsä, Cinthia, toi hänet takaisin paikalleen, kun Lordit palasivat paikoilleen ja keskustelivat iloisesti klubiasioista ja klubista. liiketoiminnalliset yhteiset tutut.

Muutaman tunnin, mutta luultavasti enintään yhden tunnin kuluttua, Amy tukahdutti haukottamisen ja kiinnitti pöydän huomion.

Mestari James näki jälkeen alla . "No, sen saat, jos pysyt hereillä nukkumaanmenon jälkeen."

Hän katsoi ylös pöyristyen ja alkoi protestoida. "Mutta ..."

Isäntänsä ankara katse jäätyi hänen kielelleen ja hän pyysi anteeksi ja polvistui suoraan.

James virnisti ja rypisti kiharansa

"Miksi et kysy mestari Robertilta, voitko soittaa Susanin kelloja viettääksesi itseäsi hetken ja sitten vien sinut kotiin, pikkuinen?"

hölynpöly hehkui hänen _ silmät , kuten sinä nousi ylös ja näytti niin söpöltä kääntyi Robertin puoleen ja sanoi .

"Voi kiltti, mestari Robert, saanko ? Olet niin kaunis kelloja ja sinulla on tällainen kaunis orjia ."

" Kuinka voin mennä sellaiseen _ makea tyttö ei sanoa ?" Robert hymyili.

"Kiitos, mestari Robert, kiitos!" Amy kuplii ja katosi alla pöytään Susanille _ _ _ ryömiä .

" Näyttää siltä , että _ _ _ olisi sinä nyt hereillä . " Alan nauroi Shakyn tavoin huusi innoissaan ja itseään _ Kanssa yksi vetää nopeasti hihnastaan rauhoittunut .

" Näyttää siltä _ heidän kanssaan _ kohtaan Uusi tyttö pelata haluan ." Barry mutisi .

Robert hymyili häntä klo.

" Voin Ei sano, että syytän heitä _ _ _ anna , pelaan kanssa todella tykkään häntä ."

Tämä kohtasi paljon naurua ja hän punastui jälleen vihaisesti ottamalla huoneen hallintaansa.

Amy istui iloisena vieressä ja leikki Susanin nänneillä ja soitti kelloja eri tahtiin keskustelun jatkuessa hänen ympärillään.

Hän tunsi Mestarinsa leikkivän poninhännällä ja katsoi hänen lävisttäviä silmiään.

Hänen hengityksensä takertui ja hänen omat silmänsä laajenivat, kun hän tunsi Amyn suun kiristyvän nännin ympärille.

Kun hän soitti kelloja sormillaan, hänen kielensä liikkui hänen kovan vaaleanpunaisen kärjen yli.

Hänen Mestarinsa silmät loistivat ja kulmat käpristyivät hymyyn, joka ei ollut ainutlaatuinen hänen suuhunsa.

"Näyttää siltä, että tyttöni on tavalliseen tapaan liian innoissani, parempi ajaa hänet kotiin tai hän on liian hermostunut mennäkseen takaisin nukkumaan . Tyttö anna sinun perässäsi _ Koti tuo ." Mestari James nousi seisomaan puhuessaan .

Amy painoi päätään taaksepäin ja vapautti nännin _ mene hän _ Kanssa yksi rengas pamaus huoliteltu oli .

Hän katsoi ylös ja kysyi hiljaa:

"Saanko suudella häntä sanoakseni hyvästit?"

"Kyllä kulta. Kiitos sitten mestari Robert ja me lähdemme."

Amy laittoi toisen kätensä Susanin poskelle ja toisen Susanin kaulalle ja piti niitä, kun hän painoi tämän huulet omiinsa.

Tunteessaan itsepäisen kielen Susan jakoi varovasti huulensa, kun pullea suuteli häntä hellästi mutta syvästi, tutkien hänen suunsa lepattavalla kielellä, joka jätti Susanin hengästymään suudelman lopussa.

" Hei minun uusi ystävä toivon me katso meille silti usein. Sinun täytyy tulla peliin, minulla on niin paljon mahtavia leluja!" Hän kuiskasi, kun hänen isäntänsä selvitti kurkkuaan ja nousi seisomaan. "Kiitos, että sain pelata Mestari Robertia Susanin kanssa."

"Tervetuloa kultaseni, nuku tiukasti. Paha vanha mestarisi näyttää järkyttyneeltä."

Amy puki puoleensa viettelevimmät viattomat kasvonsa. "Luuletko?" Hän katsoi Mestariaan ylös ja alas. "Ehkä minun pitäisi ottaa hoitajan pakki esiin kun palaamme kotiin ja tarkistaa se."

"Ai, mielestäni se on ehdottomasti mitä tarvitset , kulta. nyt mennä ja mennä jälkeen kotiin ."

James huokaisi . " Kiitos sen takia , ystäväni , ehkä Voin ottaa Susanin pään mukaan ensi kerralla Kotitehtävät täyttää myös sinulle työllistää ."

Amy hymyili ja kääntyi itse pöytään. "Hyvästi mestari ja piika ."

Sitten hän otti Mestarinsa kädestä ja johti häntä ulos kohtaan tilaa kun hän itse _ meni läpi .

Steve nauroi ja sanoi pehmeästi Johnille:

"Voi, luulen, että tästä röyhkeästä kakarasta tulee toinen ikimuistoinen ilta."

John naurahti.

"Ellei James päätä lyödä häntä pitkällä kotimatkalla."

"Cinthian ja minun pitäisi olla nyt myös matkalla, haluan mennä ratsastusseuraan ja meillä on paljon valmistautumista edessämme." Barry jyrisi omassaan _ syvyydet baritonin sävy.

Robert nousi ylös ja hymyili .

"Voi, totta kai. Oli onni, että olit kaupungissa tapaamisessamme. Kiitos, että tulit Barrylle."

Robert käveli olohuoneen ovelle ennen kuin kääntyi näyttämään muille:

"Miksi emme vaihda mukavimpiin tuoleihin yön lähestyessä? Näkymä siellä on melko hyvä."

Mestarit nousivat ja seurasivat tyttönsä takanaan.

Anne kehotti Susania muuttamaan.

Hän oli katsellut Cinthiaa ja hänen kävelevää pitkiä jalkojaan, kun viittaus ratsastusseuraan vihdoin tuli hänen mieleensä.

Hän katsoi muita tyttöjä kriittisemmin kuin yritti nähdä heidän ominaisuuksiaan niin sanotusti.

Shaky oli suloinen pentu ja Anne ylenpalttinen, seksikäs tyttö, mutta Samantha hämmentyi heidät.

Susan oli hämmentynyt , tyttö juosta kohtaan katso , hän oli niin hauska , kun _ olisi sinä balerina .

Susan tunsi itse uudelleen yhden kerran poissa paikalta, sinä olisi Ei mitään Jotain erityistä sinusta ja sinusta oli pakko paljon oppia .

Hän tajusi , että_ sinä ei voi koskaan olla näin erikoista Miten Tämä tyttö ja se vain hänen isäntänsä Kanssa hänen pelannut oli .

Sen myötä hän tajusi, että hän ei tekisi sitä, hän ei voinut pitää häntä orjanaan, ellei hänellä olisi erityistä ominaisuutta.

Hän tunsi helpotuksesta, ettei hänen tarvinnut tehdä omaa päätöstään.

Mutta tunnetta seurasi nopeasti ripaus surua.

Hän puri huultaan hajamielisesti, seurasi herraansa hänen tuoliinsa ja istuutui hänen viereensä.

Hän pudisti ajatuksia päästään, kun hänen isäntänsä kietoi kätensä hänen poninhäntään vielä kerran ja katsoi häntä.

"Hei John anna tyttösi palvella minua veli, tämä orja on hyödytön kaikkeen, mitä ei ole pullossa tai tölkissä."

Steve tönäisi Shakya jalallaan ja tämä murisi hiljaa, mikä sai tämän rypistämään otsaansa.

Mestarinsa nyökkäten Samantha käveli mestari Steveä kohti, jalat tanssivat.

Hän painoi vartalonsa häntä vasten ja nuoli hänen niskaansa hänen korvaansa vasten, nipiskennellen hellästi ja kehräten:

"Mestari, mitä sinä haluat Tämä Orja saako sinut tänä iltana ? "

"Yksi skotti, kulta."

Samantha avautui itse ulos hänen runko , käännetty heidän Jalkapallot ylös ja liukuivat keittiöön .

hän siivosi a Uusi lasi ja käännettiin itse helppo tilata tarkkailijoille a Katso aistillinen , kaareva _ ääriviivat hänen kehon kohtaan tarjous pitäen lasin reunasta kiinni turvotuksesta _ _ heidän rinnat työnnetty , vapisi ja syvä hengitti .

Susan näki sinä kiehtonut .

Anne täytti lasin _ kohtaan puolet ennen kuin ne avaavat pakastimen oven avautui ja pois kylmältä _ ilmaa koteloida anna .

Tämä ilmaa päästää heidän Nännit muuttuvat koviksi ja paljastuvat heidän terävöittää terävöittää asia selvä alla kohtaan hieno silkkimekko , jota hän käytti.

Hän tarttui jälkeen jäätelöä ja jätti sen kanssa yksi terävöittää Napauta lasiin . _

Hän sulki pakastimen oven Kanssa yksi lonkka liikettä ja nojasi itse takaisin , pudisti päätään ja lähti heidän hiukset yhdeksi _ Aalto tummempi syksyn silkki .

Hän kääntyi Mestarin puoleen, hänen rinnansa harjasivat hänen käsivarttaan, kohotti lasin ensin huulilleen suutellakseen reunaa, kehrääen:

"Sinun viskisi, mestari Steve, tämä orja toivoo, että olet nauttinut palvelustasi."

"Erinomainen palvelu kuten aina ja jotain makeaa. Palaa nyt herrasi luo , ennen kuin unohdan kuka omistaa sinut. "

Susan oli täyteläisempi kunnioitusta siitä , kuinka Samantha palvelee yksi Juomat niin sensuellia tehty .

Hän halusi pystyä ja katsoi reaktiota _ _ hänen mestarit kohtaan nähdä vain _ _ _ nähdä , että hän on hän olen samaa mieltä katseli .

Hänen ajatuksensa hyppäsivät hänen päähänsä.

Olisiko hän tarpeeksi hauska miellyttääkseen häntä?

Ehkä hän voisi oppia olemaan niin siro ja viehättävä, ja ehkä Mestari sitten haluaisi jäädä hänen kanssaan.

Hän oli vakuuttunut siitä, että hän lähettäisi hänet pois viikon päätyttyä.

Kun hän osallistui ennakoivaan ajatteluunsa, hän kysyi itseltään uudelleen: "Oliko hän sitä elämää, jonka hän halusi olla orjana, kieltää valinnanvapautensa noudattamalla kaikkia käskyjään? Voisiko hän oppia jollain tavalla olla erityinen?" mitä hän haluaisi? "

Hänen halunsa miellyttää häntä vielä kerran tukahdutti kaikki hänen muut kysymyksensä, ja hän käänsi huomionsa takaisin Lordeihin, jotka jatkoivat vitsailua iltapäivän edetessä ja taivaan tummuessa.

Kieltäytyessään muista juomista kaksoismestarit väittivät kihlautuneensa klubilla sinä iltana, ja Alan sanoi myös odottavansa innolla vierailua klubille ja näkevänsä mitä siellä oli esillä.

Robert kieltäytyi liittymästä heihin väittäen, että hänellä oli vielä työtä tehtävänä.

Hän nousi mennäkseen kokouksen ovelle ja jutteli ystävällisesti. Susan seurasi häntä hiljaa kiittäen Annea kaikesta tuesta pitkän iltapäivän ja illan aikana.

"Ah kulta, se ei ollut mitään , me olivat kaikki jossain vaiheessa tässä elämäntapa uusi."

Anne suuteli Susania poskelle ja seurasi Alania hissiin.

Kun hissi lopulta sulkeutui, Robert kääntyi ja käveli takaisin toimistoon luottavaisena, että hän seuraisi.

Kun hän polvistui hänen eteensä, nojaten takaisin kantapäilleen, hän kumartui eteenpäin hyväilemään hänen poskeaan.

"Olen erittäin tyytyväinen suoritukseenne tänään, tyttö."

Hän kumartui suudellakseen häntä syvästi ja hän tunsi perhosten lepattavan hänen vatsallaan ja tunteet juoksivat hänen selkäänsä pitkin.

Olin onnellinen!

Hänen tuntemansa ilo oli käsinkosketeltavaa, yhdistettynä hänen suudelmaansa.

Hän ei ajatellut muuta kuin sitä, kuinka hänen sanansa ja kosketuksensa saivat hänet tuntemaan.

"Nyt kun olemme varmistaneet, että olet vapaa, pelataan peliä, Susy. Tiedän kuinka pidät peleistä." Hän hymyili hänelle tietävästi.

"Todellakin." hän kuiskasi.

Hän oli toivonut, että vieraiden katoaminen antaisi hänelle mahdollisuuden mennä kotiin rentoutumaan.

Se oli ollut hyvin pitkä päivä ja hän oli hyvin hämmentynyt kaikista ajatuksistaan päässään.

Hän jatkoi:

"Voimme kysyä kolme kysymystä jokainen tänä iltana. Voit kysyä minulta mitä tahansa, mitä haluat tietää vieraistamme ja iltapäivästä. Kysyn sinulta kysymyksiä siitä, mitä toivon sinun oppineen. Ja miten aina kun olen _ _ Heidän vastauksia Ei Olen tyytyväinen , sillä on seurauksia on ." .

Hän kiemurteli tietäen, ettei hän kiinnittänyt tarpeeksi huomiota pieniin yksityiskohtiin , ja hänen mielensä vaelsi usein.

Hänen olisi pitänyt tietää, että testi tulee olemaan, hän testasi sitä aina jollain tavalla.

Mutta hän nyökkäsi ja kuiskasi:

"Kun rakastan".

"No niin, nyt aloitetaan, anna minulle jokaisen vieraan ja hänen orjansa nimi."

Hän veti syvään henkeä ja aloitti vapina äänessään:

"Alan Clarkson ja hänen orjansa Anne, Steve Goodman ja hänen orjansa Shaky, John Goodman ja hänen orjansa Samantha, James Smith ja hänen orjansa Amy sekä Barry Collins ja hänen tyttönsä Cinthia."

Purreutuneena huultaan ilman, että häntä esiteltiin virallisesti, hän oli kuullut etunimiä ja linkittänyt sukunimiä käytännön tuntemuksensa kautta muistiinpanoista ja sähköpostiviesteistä, joita hän oli lähettänyt heille avustajana.

"Erittäin vaikuttavaa", hän hymyili, "mutta pelkään, että orjana, joka oli ainoa roolisi tänä iltana, kaikkia pitäisi kohdella isäntänä, jonka perässä on etunimi." Hän taputti hänen haaraansa nähdessään hänen alahuunsa putoavan. "Sylissäni, pikku Susy."

Kipeät haavat, jotka olivat leimanneet hänet huoraksi aiemmin päivällä, olivat haalistuneet kauan sitten.

Hän juoksi kätensä varovasti alas hänen perseeseensä ennen kuin löi sitä voimakkaasti, katsoen, kuinka kädenjälki alkoi hehkua vaaleanpunaisena hänen sileää ihoaan vasten.

Hän puri huultaan ja voihki liikutellessaan jalkojaan.

Sillä välin hänen kätensä laskettiin vielä neljä kertaa, kerran jokaiselle myöhäiselle lounaalle osallistuneelle mestarille.

Muutama kyynel vierähti hänen poskilleen, enemmänkin pettymyksestä kuin lyömisestä, kun hän kosketti hänen persettä ja kosi:

"Sinun vuorosi".

Hän ajatteli ja kysyi:

" Jokainen tyttö oli jotain ainutlaatuisella tavalla _ Erikoista , koska Shaky a pentu tyttö oli. Ovatko he omasta _ niin koulutetut mestarit tai ovat sinä tietysti ?"

" Jotkut Orjat olla yksi rakkaus yhteen _ erityistä roolia , ja ne ottaa mestari ja hänen toiveitaan ja tarpeitaan koulutettu ." Hän pysähtyi hetkeksi ennen kuin jatkoi: "Jotkut mestarit pitävät mieluummin tyhjästä kankaasta ja ottavat tytön ja muotoilevat hänet mielensä mukaan. Kuitenkin kaikissa mahdollisuuksissa tytöllä on oltava luonnollinen alistuminen. Voimia Orjuus tytölle ei aina mene niin hyvin kuin Mestari toivoo. "

Hänen mielensä hyppäsi.

Eikö hän ollut pakotettu?

Se alkoi pelinä.

Hän oli suostunut olemaan hänen ja tottelevansa häntä täysin viikon ajan.

Hän myönsi, että häntä ei ollut pakotettu hyväksymään sitä, mutta hän ei todellakaan tiennyt, mitä hän hyväksyi.

Hänen peppuaan hyväilevä käsi pysähtyi hänen puhuessaan ja hän kuunteli tarkkaavaisesti hänen seuraavaa kysymystään.

"Kerro minulle kuudesta tytöstä, jotka ovat täällä tänä iltana, jokaisesta erityisestä lahjakkuudesta sellaisina kuin näit sen."

Hän tiesi, että tyttöjä oli vain viisi, mutta hän ei halunnut oikaista häntä, kun hän oli niin haavoittuvassa asemassa, joten hän aloitti:

"Shaky on erittäin pentumainen . Luulen , että Cinthia on poni . Amy on erittäin lapsellista . Anne on yksi busty blondi pommi. Samanthalla on minut hämmentynyt , mutta mielestäni hän _ _ On tanssija ja liikkunut itse erittäin siro .

Hän käänsi päätään katsoakseen häntä toiveikkaana.

hän löi kahdesti kovaa hänelle perse .

" Anne, kuten sinäkin pikku Susy, tulee kautta Kipu heräsi tavalla , että _ _ suurin osa Orjat Ei nauti . Samantha _ esimerkki tulee ollenkaan Ei kautta kipu tai rangaistus herättänyt . Heidän ilonsa tulee siitä, että he miellyttävät Hänen Mestariaan. Ja hän loistaa tavassaan palvella ja tanssia. Hänen mestarinsa seuraa itämaisten elämäntapaa. ' Hänen kätensä leijui jälleen ja hän kohotti kulmakarvojaan. 'Entä kuudes?'

Hän puri huultaan ja rypisti kulmiaan, kun hänen mielensä ryntäsi selvittääkseen, ketä hän oli jäänyt huomaamatta vastauksessaan.

Hän katseli hänen hymyään, kun hänen kätensä laskeutui jälleen.

Hän huusi ja huudahti:

"En ymmärrä, koska tyttöjä oli vain viisi."

Hän löi häntä uudelleen, kun hän vastasi:

"Unohdit tärkeimmän orjan, minun!" Hänen kätensä laskeutui jälleen osoittamaan hänen asemaansa. "Sinä olit siellä, eikö niin?"

Hän kääntyi ja huusi:

"Kyllä mestari, mutta minulla ei ole mitään erityistä, minulla ei ole erityisiä kykyjä."

Hän laski päänsä ja antoi kyynelten valua.

Hänen sydämensä jätti lyönnin väliin, hän todella oli niin viaton ja naiivi, niin erityinen tarpeessaan miellyttää ja palvella, että hän kesti kaikki vaatimukset, joita hän asetti häneltä ja hyväksyi hänen rangaistuksensa melkein mielellään.

Hän oli naiivisuuden ruumiillistuma punastuvilla ja suloisilla tavoilla, eikä hän edes tajunnut sitä.

Hänen suloinen pikku prinsessansa julkisesti ja hänen tuskaa rakastava huoransa yksityisesti, kun hän halusi.

"Enkö minä ole kertonut sinulle koko viikon, että olet erityinen? Mitä erityistä on minun halussani sinua kohtaan ja tarpeessani olla herrasi? Tapattuani joitain ystäviäni, luulet, että antaisin heille yhden Kuvittele orjaa, joka oli ei erikoista?" Hän melkein huusi viimeisen , mikä sai hänet vapisemaan ja hämmentämään hänen mielensä.

Susan huokaisi.

"Kyllä herra, tarkoitan ei herraa, oh..." hän huusi, "en tiedä mitä tarkoitan."

Hänen kätensä laskeutui alaspäin hänen nyt punaiseen perseeseensä, mikä sai hänet valittamaan enemmän. Lämpö, joka virtasi hänen ruumiinsa läpi, kun hän piiskasi häntä, sai hänet hieromaan hänen vatsansa syliinsä, kun hän tunsi naisen kovuuden kasvavan ja pillunsa hierovan hänen reisiään.

Hän sulki silmänsä ja haukkoi ilmaa.

Kuumuus, kipu ja hänen tunteensa lähettivät kouristuksia hänen ruumiinsa läpi.

Juuri kun hän oli kumartamassa, hän lakkasi asettamasta kätensä raskaasti hänen selkäänsä ja piti häntä, jotta tämä ei voinut liikkua.

"Ja seuraava kysymyksesi on..."

Hän ei voinut ajatella suoraan, hänen tarpeensa kumartaa oli niin kiireellinen, että hänen ruumiinsa tärisi ja hän voihki.

"Mitä haluat juuri nyt ja haluat kysyä pieneltä nartulta?"

Hän tunsi voimakkaan häpeän peittävän hänet, kun hän ilmaisi tarpeensa:

"Ole kiltti mestari, minun täytyy tulla, anna minun tulla."

Se oli ensimmäinen kerta, kun hän oli antanut hänen kysyä, ja se oli kuin viimeinen este, että hän oli hypännyt vaivattomasti.

Hän kohotti kätensä liikkeelle ja alkoi taas lyödä kiinteitä pyöreitä poskia, hänen kätensä pomppii pois punaiselta pinnalta, kun se törmäsi hänen reisiään ja kaluaan.

Hän halusi hänet niin kovasti, että epäili, että hän voisi odottaa viikon päästäkseen hänet mukaan, mutta hänen täytyi odottaa varmistaakseen, että hän pysyy.

Hän jäykistyi ja päästi pitkän, henkäisevän huudon, kun hän pudisti päätään ja ui tuskasta ja nautinnosta.

Hänen pillunsa sykkii kaivatulla cum:lla, joka tuntui syöksyvän hänen ruumiinsa läpi kuin laukauksia, ikään kuin hän olisi cummassa pitkään.

Kuitenkin putosi sinä ontua hänen _ syli .

Hän nosti hänet ylös ja piti häntä sylissään.

Saatuaan takaisin vapisevan pienen vartalonsa hän käpertyi hänen syliinsä.

Hän hymyili.

"Näyttää siltä, että piiskaaminen ei ole suuri rangaistus sinulle, pikku tuskanarttu. Nyt esitit vain yhden kysymyksen, joten taitaa olla taas minun vuoroni."

Hän hyppäsi ja huokaisi, kun hän tajusi, että peli ei ollut ohi, ja pudisti päätään tyhjentääkseen mielensä.

Hän painoi leukaansa ja nosti päätään katsoakseen tyttöä silmiin.

"Kuinka pitkä on viikko, Susy?"

Kysymys yllätti hänet, hän puri huultaan ja ajatteli, että ilmeiselle vastaukselle täytyy olla vaihtoehtoinen vastaus, mutta hän ei voinut ajatella yhtä, joten hän kuiskasi:

"Seitsemän päivää".

Hän hymyili katsellessaan ymmärryksen aamunkoittoa hänen kasvoillaan.

"Sinä pärjäsit hyvin viikkosi ensimmäisen puoliskon, pikku orjani." hän sanoi varmistaakseen, että hän ymmärsi sen täyden merkityksen.

"Seitsemän päivää."

hän toisti kuiskaten.

Hänen mielensä vaelsi suunnitelmiin, joita hän oli tehnyt ollakseen vanhempiensa kanssa sinä viikonloppuna auttaakseen vuosipäiväjuhlissa, ja hän alkoi purra huuliaan huolestuneena.

Hän katsoi häntä tarkasti ennen kuin kysyi:

"Viimeinen kysymyksesi, Susy?"

Hän katsoi häntä huolestunein silmin ja kuiskasi:

" Ajattelin ... tarkoitan , oletin ... hm ..."

Hän katsoi hänen kasvojaan ilman _ jotain hänen _ Silmät kohtaan lukea hänelle _ kohtaan sano että_ _ sinä oletettu oli se _ heidän Viikko yksi työviikko olisi vain _ _ viisi päivää , niin uskalsin sinä kohtaan kysy :

"Onko orjilla vapaita viikonloppuja?"

ENSIMMÄISEN OSAN LOPPU